# 회귀의 절대자

**회귀의 절대자** 5

**초판 1쇄 인쇄일** 2016년 11월 24일 | **초판 1쇄 발행일** 2016년 11월 25일

**지은이** 원태랑 | **펴낸이** 곽동현 | **담당편집 팀장** 이범수
**편집부** 신연제 이윤아 홍현주 김유진 임지혜

**펴낸곳** (주)조은세상 | **출판등록** 제2002-23호
주소 경기도 연천군 미산면 청정로 1355
TEL 편집부 02)587-2966 | FAX 02)587-2922
e-mail bukdu@comics21c.co.kr

ⓒ원태랑 2016
ISBN 979-11-5832-727-9 | ISBN 979-11-5832-643-2(set) | 값 8,000원

※잘못 만들어진 책은 바꿔 드립니다.
※저자와의 협의에 의해 인지는 생략합니다.

# 회귀의 절대자

**원태랑** 현대판타지 장편소설

NEO MODERN FANTASY STORY

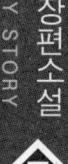

# 회귀의 절대자

## CONTENTS
NEO MODERN FANTASY STORY

1. 일격 필살. … 7

2. 시크릿 던전. … 69

3. 일인 무쌍. … 103

4. 절대자의 역습. … 195

5. 제우스 길드. … 221

6. 던전 워 Dungeon War. … 257

NEO MODERN FANTASY STORY

**1. 일격 필살.**

회귀의 절대자

## 1. 일격 필살.

 눈앞의 성채는 굳게 닫혀 있었지만 한성은 마치 몬스터를 잡겠다는 듯이 성채의 문을 향해 해머를 꺼내들고 달려가고 있었다.

 '부술 수 있다!'

 지금 한성은 단번에 성문을 파괴시켜 하고 있었다.

 이곳 세이프 존 A는 과거 자신이 활동했던 곳이었다.

 성채의 내부는 눈을 감고 다닐 수 있을 정도로 환했고 나무로 만든 성채의 성문 역시 견고하지는 않다는 것은 알고 있었다.

 에솔릿이 있다는 것을 알고 있었지만 일단 지금 남아 있는 혁명단이 성채 안으로 들어가게 하는 것이 최우선이었다.

한성의 의도는 포돌스키 역시 읽고 있었다.

"피식!"

포돌스키는 가볍게 비웃음을 흘렸다.

"그때와 똑같은 세이프 존이라 생각한 겁니까?"

곧바로 포돌스키의 목소리가 울려 퍼졌다.

"철문을 내려라!"

쿠르르르릉! 쿠쿠쿵!

과거 세이프 존에서는 존재하지 않았던 거대 철문이 위쪽에서 아래쪽으로 떨어지며 성문 앞을 굳게 막았다.

과거에는 없던 철문이 어느새 설치되어 있었다.

"막혔다!"

"어떻게 하지?"

성문 앞에 두꺼운 철문이 앞을 가로막았다는 사실에 혁명단들의 걱정 서린 목소리가 들려오고 있었지만 한성의 속도는 전혀 늦추어지지 않고 있었다.

닫혀 있는 성문을 향해 돌격해 가고 있는 한성을 바라보며 산도발은 생각했다.

'철문을 부수려는 거다. 하지만 스킬을 사용할 여유가 없을 텐데? 마나 쉴드는 더 이상 버티지 못한다!'

자신이라면 아껴 두었던 스킬 한방으로 성문을 날려 버릴 수 있기는 했지만 문제는 스킬을 발산 시킬 때 까지 시간이 걸린다는 점이 문제였다.

당연히 상대는 기다려 주지 않을 것이 분명했다.

'나라면 차라리 성문은 포기하고 성벽을 뛰어 넘는 쪽을 선택한다! 하지만 그렇게 한다면!'

산도발은 뒤쪽을 바라보았다.

자신의 뒤로는 모든 혁명단이 따라 오고 있는 상황이었고 이들은 쏟아지는 화살비를 피하며 성벽을 뛰어 넘을 만큼 실력을 갖추지 못하고 있었다.

지금은 모든 공격이 한성에게 쏟아지고 있는 탓에 한성이 탱커 역할을 하는 것이나 마찬가지였다.

만일 한성이 방향을 틀어 버린다면 곧바로 뒤쪽의 모든 혁명단은 화살비를 맞게 될 것이 분명했다.

'동료들을 버리지 않겠다는 건가? 이상적이기는 하지만……'

한성을 보호하고 있던 마나 쉴드가 사라져가는 순간 한성은 제일 먼저 철문 앞에 도착하였다.

한성은 가차 없이 거대 망치를 꺼내들었다.

거대 망치로 철문을 내리찍으려는 한성의 모습에 포돌스키는 고개를 흔들었다.

'무리, 무리. 그 거대 망치로는 어림도 없어!'

한성이 들고 있는 거대 망치는 과거 던전 30층에서 해머에게서 빼앗은 무기였는데 나름 상급 등급의 무기였지만 이 정도로는 결코 철문을 파괴할 수는 없었다.

그때였다.

한성이 들고 있던 거대망치에서 빛이 발산하기 시작했다.

'고도의 집중!'

촤아아아앗!

한성의 스킬을 발산 시키자 들고 있던 거대 망치에서 마나의 기운이 집중되기 시작했다.

한성의 거대 망치에서 흐르는 기운을 본 포돌스키의 눈이 커졌다.

"앗! 저 스킬은?"

사도들이나 가지고 있는 스킬을 한성은 사용하고 있었다.

〈고도의 집중〉

설명: 무기에 마나의 기운을 집중시켜 순간적으로 거대한 폭발력을 만듭니다. 폭발력은 무기의 공격력에 비례합니다.

특징: 일회용 스킬. 한번 사용한 무기는 그대로 소멸 되어 버립니다. 목표한 타겟이 생명체일 경우에는 적용되지 않습니다.

거대망치는 화염에 휩싸인 것처럼 붉은 마나의 기운을 가득 머금고 있었다.

쿨 타임이 있는 다른 스킬들과는 다르게 단 한번만 사용할 수 있는 일회용 스킬 이었고 사용한 무기는 그대로 소멸되어 버렸다.

한성은 두 손으로 거대망치를 꼭 쥐었다.

'이 정도 망치의 공격력이라면 할 수 있다!'

사용한 거대 망치는 소멸되어버릴 것이 분명했지만 이 정도의 공격력을 지닌 무기가 아니면 이 철문을 깰 수는 없었다.

우우우우웅!

불꽃과 함께 공기를 가르는 소리가 모든 이들의 귀에 울려 퍼졌다.

거대 망치의 묵직한 한방이 정문을 가격하는 순간이었다.

콰과과광!

얼마나 강한 위력이었던지 철문뿐만 아니라 성채 전체가 통째로 흔들리고 있었다.

"우아아아앗!"

철문은 말 그대로 산산조각이 나며 부서져 버렸고 그 파동은 성채 전체로 전달되어지고 있었다.

지진이라도 난 것처럼 성채는 무너질 듯이 흔들리고 있었고 성채 위에서 혁명단을 향해 겨누고 있던 궁수들 역시 중심을 잃고 있던 그 때였다.

산도발이 외쳤다.

"사격!"

피슝! 피슝! 피슝!

달려오고 있던 혁명단들의 공격이 이어졌다.

달리면서 사격을 하는 공격이었지만 중심을 잃고 흔들거리고 있는 병사들을 명중시키기에는 충분했다.

"크어어억!"

병사들이 쓰러지고 있었지만 포돌스키는 병사들의 희생보다 한성의 스킬에 시선을 집중하고 있었다.

포돌스키의 얼굴이 찌푸려졌다.

"뭐, 뭐야? 이 스킬은?"

스킬을 수급할 수 있는 곳은 제한되어 있었고 특히나 지금 한성이 사용한 스킬은 사도 수준에 오른 자들이나 사용할 수 있는 스킬이었다.

자신도 가지지 못한 스킬을 사용하고 있는 한성을 도저히 이해 할 수 없다는 듯이 바라보고 있던 포돌스키는 에솔릿에게로 시선을 돌렸다.

얼굴에 조금의 당황함도 없는 에솔릿을 보며 포돌스키는 회심의 미소를 머금었다.

'아무리 강하다 하더라도 그녀를 넘을 수는 없다!'

강한 파괴력이 천지를 진동하고 병사들이 쓰러지는 비명소리가 들려오고 있었지만 성문 안쪽에 있는 에솔릿은 눈 하나 깜박하지 않고 있었다.

눈앞의 성문에 가려져 보이지 않고 있었지만 한성이 내뿜고 있는 강함은 충분히 전해져 오고 있었다.

에솔릿은 혼잣말을 중얼거렸다.

"흐음. 아까 만렙짜리 몇 명 보았는데 이번 공격을 하는 이들은 만렙도 그냥 만렙이 아니네. 이거 변신을 하지 않으면 이기지 못할 지도 모르겠어. 이씨! 변신하기는 싫은데!"

변신을 한 에솔릿과 변신을 하지 않은 에솔릿과는 현격한 차이가 있었다.

원래 외형 변화 스킬은 말 그대로 이동을 편하게 하거나 외모를 숨기기 위해 사용하는 스킬인 탓에 일체의 공격력이나 방어력이 증강되는 효과는 없었다.

오히려 변신을 하지 않았을 경우 거대 체력과 막강한 여섯 개의 팔의 강점이 사라지게 되었으니 강적이 나타났을 때 변신은 필수였다.

징징 거리고 있던 에솔릿은 방긋 웃으며 중얼거렸다.

"강해지지 못해도 변신하지 않을 거야!"

에솔릿은 변신을 하기를 극도로 꺼려했는데 그 이유는 거대 지네 형상인 본체의 흉측한 외형을 스스로도 혐오하기 때문이었다.

자신이 HNPC임을 숨기고 지금처럼 미모의 아가씨의 외형을 하고 있을 때 남자들이 보여준 시선과 거대 지네의 모습을 본 후의 눈빛은 확연하게 달랐다.

HNPC라 하더라도 절반은 인간의 몸이었고 인간의 감정은 고스란히 남아 있었다.

그 탓에 에솔릿은 지네 형체로 변신한 자신의 몸에 콤플렉스를 가지고 있었고 지금 상황에서도 상대의 강함을 충분히 느끼고 있었지만 에솔릿은 여전히 인간의 몸을 고집하고 있었다.

"뭐, 어차피 변신 하던 안 하던 죽이기만 하면 그만이니까. 흐음. 제일 강한 놈이 제일 먼저 들어오겠지? 그럼 그놈부터."

곧 무너질 성문을 향해 에솔릿은 손가락에 마나의 기운을 모으고 있었다.

철문이 파괴 되었으니 남아 있는 성문이 파괴 되는 것은 시간문제 이었다.

'보이기만 해. 그대로 즉사 시켜 줄 테니까. 동료들에게 죽는 꼴을 못 보여 주는 게 아쉽네.'

우우우우웅!

에솔릿은 손가락으로 권총 모양을 만들고 있었는데 손끝에는 지금까지 보였던 그 어떤 마나의 기운 보다 강한 마나의 기운이 모이고 있었다.

〈절망의 손짓〉

설명: 그 어떤 방어구라 하더라도 관통시켜 버리며 뻗어나갑니다. 뻗어나간 마나의 기운은 최대 30M 까지 뻗어나갈 수 있습니다. 최대 거리까지 뻗어나간 후에는 대 폭발을 일으킵니다. 쿨 타임 900시간.

특징: 시전까지 최대 5초의 시간이 걸립니다. 손가락에 마나의 기운을 오래 모을수록 위력은 더욱더 커 집니다.

에솔릿이 가지고 있는 최강의 스킬.

현재 사도들조차 가지고 있지 못하는 현존하는 최강의 스킬 중에 하나였다.

그 어떤 방어구라도 뚫어버린다는 것은 말 그대로 정면으로는 이 스킬을 막을 수 없다는 것을 의미했다. 물론 5초라는 긴 시전 시간이 치명적이기는 했지만 지금처럼 상대가 자신의 모습을 볼 수 없을 때 기다렸다 사용하기에는 전혀 문제가 없었다.

혁명단들의 실력이 상당하다는 것을 알고 있었지만 지금 에솔릿이 변신 없이도 이길 수 있다는 확신을 가지고 있는 이유가 이곳에 있었다.

'최근에 이런 스킬을 얻어서 정말이지 다행이야.'

스킬을 믿고 있다는 듯이 에솔릿은 전혀 변신할 생각조차 하지 않고 있었다.

조금 전 철문을 부숴버렸던 마나의 기운은 상대가 상당한 실력자라는 것을 말해 주고 있었지만 에솔릿은 여전히 변신도 하지 않은 채 손가락 하나로 성문을 겨누고 있었다.

쾅! 쾅!

철문이 부서지고 뒤쪽에 있던 성문이 파괴되는 가운데 에솔릿은 한성의 모습이 나타나기만을 기다리고 있었다.

[절망의 손짓 충전 완료!]

어느덧 손가락에 모이고 있는 마나의 기운이 최고조에

이르렀다는 듯이 에솔릿은 신음 소리와 함께 중얼거렸다.

"오오오! 강함이 느껴져! 이 스킬 상당히 마음에 드는데? 빨리 오렴!"

당장이라도 뻗어나갈 기운을 참고 있다는 듯이 에솔릿은 말하고 있었다.

콰과광!

곧바로 성문이 파괴되며 한성이 모습을 나타낸 순간이었다.

에솔릿은 싱긋 웃으며 말했다.

"분수를 모르고 까불면 죽어요."

'으음?'

한성의 눈에는 손가락으로 권총 모양을 하고 있는 에솔릿이 보이고 있었다.

한성을 향해 손가락을 겨누고 있는 에솔릿이 말했다.

"빵야!"

파아아앗!

에솔릿의 손에서 뿜어져 나간 마나의 기운은 조용하고 빨랐다.

가느다란 실처럼 뻗어나간 마나의 기운은 피할 새도 없이 한성의 몸을 꿰뚫어 버렸고 곧바로 뒤쪽의 혁명단들을 향해 끝도 없이 뻗어 나가고 있었다.

빛에 의해 관통당한 한성은 비명조차 내지르지 못하고 쓰러져 버렸다.

한성의 뒤를 따르며 오고 있던 혁명단이 움찔하는 가운데 에솔릿은 제 자리에서 쓰러져 버린 한성은 쳐다보지도 않고 있었다.

빛줄기가 관통한 이상 살아 있을 수는 없었고 한성의 죽음을 확신한 에솔릿은 멀리 날아가고 있는 빛줄기에 온 정신을 집중 시키고 있었다.

달려오고 있던 혁명단들의 틈으로 빛줄기는 멈출 줄 모르고 뻗어나가고 있었다.

"뭐, 뭐야? 이 빛은?"

갑작스럽게 길게 뻗어나가고 있는 빛을 본 혁명단이 주춤하고 있을 때 에솔릿은 고개를 가로저었다.

'그러게 리더를 잘 만나야지.'

한성을 관통하고 날아간 빛줄기는 너무나 가늘었던 탓에 단 한명도 명중되지 않은 채 혁명단을 중앙을 가로질러 가고 있었다.

얼핏 보면 공격이 빗나가고 있는 것처럼 보였지만 에솔릿은 만족스럽다는 듯이 미소 짓고 있었다.

진짜 무서운 공격은 지금 부터였다.

에솔릿은 회심의 미소를 머금었다.

'대폭발이다!'

자신의 빛줄기가 혁명단 끝까지 이르자 에솔릿은 소리쳤다.

"갈라져라!"

얇게 한 줄기 빛으로 날아가던 빛줄기가 양 옆으로 펼쳐지려는 순간이었다.

자신을 향해 성문 위쪽에서 검은 그림자가 날아오고 있었다.

"허엇!"

에솔릿의 짧은 비명 소리와 동시에 뜨거운 기운이 자신의 팔을 감싸 버리고 있었다.

촤아아앗!

믿을 수 없는 기계음이 울려 퍼졌다.

[절망의 손짓 해제됩니다.]

스킬이 실패했음을 알리는 순간 자신의 팔에는 은색의 기운이 번쩍이고 있었다.

"허억!"

빛줄기가 폭발하며 혁명단을 통째로 날려 버릴 줄 알았던 에솔릿의 입에서 비명이 튀어 나왔다.

자신의 팔은 힘없이 땅으로 떨어지고 있었다.

팔이 떨어지는 것과 동시에 사방으로 퍼지려 했던 마나의 기운은 순식간에 소멸되어 버렸다.

전멸될 거라고 믿어 의심치 않았던 혁명단은 단 한명도 피해를 입지 않은 채 성채를 향해 달려오고 있었다.

에솔릿의 눈이 커졌다.

자신의 팔이 날아갔다는 사실 보다 죽은 줄 알았던 한성이 나타났다는 것이 더 놀라운 사실이었다.

"어, 어떻게?"

분명 죽었다고 확신한 한성이 자신을 향해 검을 휘두르고 있었다.

반사적으로 뒤로 물러서는 가운데 눈앞에서는 맹렬한 기세로 검이 쏟아져 왔다.

아무리 자신이라 하더라도 무시할 수 없는 유니크 검은 마치 여섯 개가 동시에 찔러 오는 것처럼 에솔릿의 몸을 향해 뻗어오고 있었다.

"어째서?"

분명 죽었다고 확신했는데 어느새 한성은 자신을 향해 공격을 퍼붓고 있었다.

번쩍이고 있는 검을 피하며 뒤로 물러서고 있는 가운데 에솔릿은 엎어져 있는 한성의 시체를 힐끔 쳐다보았다.

시체는 어느새 환영처럼 사라져 가고 있었다.

'분신체?'

뒤로 물러서고 있는 에솔릿을 향해 사정없이 검을 휘두르며 한성이 외쳤다.

"너희만 쓸 줄 아는 게 아니다!"

사실 한성은 정문을 파괴시키기 전 에솔릿이 모으고 있는 마나의 기운을 느끼고 있었다.

이처럼 거대한 기운을 한 번에 모을 수 있는 자는 에솔릿이 유일했고 에솔릿이 바로 앞에 있다는 것을 직감한 한성은 곧바로 분신 스킬을 발산 시켰다.

정문을 파괴 시키는 순간 분신체를 만든 한성은 천장으로 몸을 날렸고 예상대로 에솔릿의 공격은 그대로 분신체를 관통한 상황이었다.

비록 리키처럼 스킬을 사용할 수 있는 여러 명의 분신을 만들어 낼 수는 없었지만 일시적으로 눈을 속일 수 있는 분신체 하나 정도는 만들어 낼 수 있었다.

에솔릿이 관통 시킨 상대는 한성의 분신체였고 지금까지 여유 있던 에솔릿의 표정이 굳었다.

'이 자는 뭐야? 분신체 스킬을 가지고 있을 뿐만 아니라 어떻게 이렇게 급박한 상황에서 내 공격을 예측하고 있었지?'

분신체 스킬이라는 상급 스킬을 가지고 있다는 것만으로도 대단했는데 화살비가 쏟아지는 상황에서도 보이지 않는 자신의 기습을 피해낼 수 있다는 사실은 에솔릿으로 하여금 놀라지 않을 수 없게 하고 있었다.

속공을 사용하며 에솔릿이 서둘러 뒤로 물러서는 순간이었다.

"와! 와!"

함성 소리와 함께 무너진 성문을 뚫고 혁명단들이 쏟아져 들어오기 시작했다.

성채 안으로 들어온 산도발은 제일 먼저 포돌스키를 찾았다.

성채 위에서 내려다보고 있는 포돌스키를 발견한 산도

발이 외쳤다.

"제니퍼! 병사들을 인솔해라! 저 자가 포돌스키! 저 놈을 잡아!"

포돌스키가 보이고 있었지만 산도발은 포돌스키를 제니퍼에게 넘겼고 자신은 곧바로 혼다와 함께 한성 쪽으로 움직이기 시작했다.

산도발의 지시에 제니퍼는 병사들을 몰고 포돌스키를 향해 돌격하기 시작했고 포돌스키 앞쪽에 있던 병사들 역시 혁명단을 향해 내려오기 시작했다.

"막아라!"

곧바로 혁명단과 병사들의 치열한 전투가 벌어지기 시작했다.

챙! 챙! 챙!

촤아아아앗!

병기가 부딪치는 소리와 마나의 기운이 교차하고 있는 가운데 포돌스키의 시선은 에솔릿에게로 향했다.

'변신 하지 않고 뭐 하고 있는 거야?'

지금 상황에서 당연이 변신은 필수였는데 어찌된 일인지 에솔릿은 변신을 자제하고 있었다.

혁명단 역시 에솔릿의 실력을 알고 있다는 듯이 가장 강한 세 명의 사내가 에솔릿을 포위하고 있었다.

'이곳이 승부! 상식을 벗어나지 않는다면 그 누구도 에솔릿을 이길 수는 없다. 하지만······.'

지금 까지 한성은 수많은 상식을 깨고 살아남았었다.

상식을 뛰어넘을 수 있는 스킬들을 보유하고 있었고 아직 그의 실력은 실체를 드러내지 않았다.

물론 한성이 에솔릿을 상대할 수 있을 거라는 생각은 하지 않고 있었지만 포돌스키는 만일의 사태에 대비한다는 듯이 슬그머니 성채의 북쪽으로 향하기 시작했다.

성채 넘어 북쪽의 끝으로는 과거 한성과 플레이어들이 떨어졌었던 절벽이 있었는데 그때와는 다르게 절벽 끝에는 세이프 타워 하나가 마련되어 있었다.

자신의 탈주로를 미리 확인해 둔 포돌스키는 다시 시선을 에솔릿에게로 향했다.

그에게는 아직 에솔릿에게는 말하지 않은 것이 하나 더 있었다.

마음속으로 절대자의 메시지가 떠올라왔다.

[에솔릿의 전투에 나서지 마라. 그녀의 실력을 확인하라. 실력뿐만 아니라 정신적인 능력까지 확인하도록!]

절대자가 자신에게 내린 명령 중에 또 다른 하나는 에솔릿이 과연 진정한 최종병기로 성장할 수 있느냐를 확인 하라는 지시가 있었다.

에솔릿은 역대 최강의 HNPC이기는 했지만 마치 한계에 닿았다는 듯이 더 이상의 강함은 보여주지 못하고 있었다.

지금 포돌스키의 목적은 단순히 혁명단을 제거하는 것이

아닌 에솔릿의 성장 가능성까지 염두에 두고 있었다.

포돌스키가 살펴보고 있는 가운데 혼다와 산도발은 나란히 한성의 곁에 섰다.

혼다와 산도발 역시 누구를 제일 먼저 제압해야 하는지는 알고 있었다.

"저 여자다!"

이미 이들 역시 에솔릿이 어떤 인물인지는 잘 알고 있었다.

'실력을 볼까?'

에솔릿의 발끝에서 스킬이 발산되기 시작했다.

"도약!"

발끝에서 마나의 기운이 나오며 에솔릿의 몸이 튕겨지며 뒤로 뛰어오르는 순간이었다.

"달아난다! 잡아!"

혼다의 창과 산도발의 도끼가 에솔릿을 향해 날아들었다.

퍼어억! 퍼억!

도끼는 그대로 이마에 명중되었고 혼다의 창 역시 심장을 관통했다.

무기나 방어도구 하나 없는 에솔릿을 향해 사정없이 공격은 쏟아져 오고 있었다.

두 실력자의 스킬은 허공으로 뛰어오른 에솔릿에 명중되었고 지상으로 떨어진 에솔릿은 머리에 도끼가 꽂힌 채로 뒤로 물러서고 있었다.

에솔릿을 향해 한성이 외쳤다.

"받아라!"

한성이 돌격해 들어가며 검을 휘둘렀다.

촤아아앗!

허우적거리고 있던 에솔릿의 또 다른 팔은 한성의 검에 날아가 버리고 말았다.

심장이 관통 당하고 머리에 도끼가 박힌 채로 한성의 결정타까지 맞은 상황이었지만 에솔릿은 신음 소리 하나 내지르지 않고 있었다.

당장이라도 쓰러질 듯이 휘청 휘청 거리고 있던 에솔릿을 향해 혼다의 창이 번쩍였다.

'공중 속박!'

촤아아아앗!

전류가 흐르고 있는 삼각형 모양의 마법진들이 허공에서 연달아 생성되며 에솔릿의 몸을 겹겹이 붙잡고 있었다.

에솔릿의 입에서 비명이 튀어 나왔다.

"꺄아아아아악!"

삼각형 모양의 마법진에서 흘러나온 전류는 에솔릿의 몸에 강한 전류를 흘러 넣으며 더 이상 움직이지 못하게 하고 있었다.

"지금이다! 끝내!"

혼다가 외치는 순간이었다.

촤아아아앗!

허공으로 뛰어 오른 한성의 검이 빛을 번쩍이며 에솔릿의 몸을 반으로 가르는 순간이었다.

"잡았다!"

피할 새도 없이 에솔릿의 몸은 두 동강이 나버리며 지상으로 떨어져 버렸다.

에솔릿의 몸이 두 동강난 채로 땅위로 떨어진 모습에 혼다는 끝났다고 생각했지만 한성이 소리쳤다.

"본체가 아니야! 껍데기다! 준비해!"

한성의 말 대로 본체가 아닌 껍데기는 언제든지 버릴 수 있는 몸이었다.

바꾸어 말 하면 한성이 베어버린 껍데기는 아무리 팔과 다리가 잘려나간다고 하더라도 본체에 전혀 영향을 주지 못한다는 말이었다.

몸이 두 동강 난 채 에솔릿은 눈을 깜박 거리고 있었다.

하늘을 바라보며 에솔릿은 중얼거렸다.

"아! 마음에 들던 옷이었는데."

자신의 몸이 날아간 것보다 오히려 자신의 옷이 찢어진 것에 더 짜증이 난 듯이 에솔릿은 말하고 있었다.

"변신!"

에솔릿의 짧은 외침과 동시에 그녀의 동강난 몸에서는 빛이 번쩍이기 시작했다.

촤아아아아앗!

빛과 함께 시체는 어디에도 보이지 않고 있었다.

아가씨의 외형은 어디에서도 보이지 않고 있었고 에솔릿의 진짜 모습인 거대한 팔 여섯 개 달린 지네가 모습을 드러나고 있었다.

쿠쿠쿠쿵!

검은 구름처럼 보이는 연기가 에솔릿의 주변을 감싸 안으며 주변에 있던 모든 이들의 시선은 에솔릿에게 향했다.

한성은 이미 알고 있는 외형이었지만 산도발과 혼다는 실제 에솔릿의 모습을 보는 것은 처음이었다.

"이, 이건!"

'이, 이것이 에솔릿!'

조금 전 보이고 있던 미모의 아가씨는 그 어디에도 없었다.

눈앞에는 보는 것만으로도 섬뜩한 팔 여섯 개가 달린 거대 지네가 모습을 드러내고 있었다.

에솔릿이 내려다보며 말했다.

"나는 그 동안 강한 놈을 먹지 못해 강해지지 못했거든? 너희들을 먹으면 더더욱 강해질 것 같아. 너무 기뻐."

당장이라도 잡아먹을 듯이 침을 흘리고 있는 에솔릿의 표정이 무섭게 바뀌었다.

표정이 바뀌는 것과 함께 목소리 역시 날카롭게 바뀌었다.

"근데 말이지. 내가 가장 아끼던 옷이 찢어졌거든? 그래서 기분 나빠!"

토라진 듯이 말하던 그녀는 곧바로 공격을 감행했다.

"피해!"

한성의 외침이 끝나는 순간 에솔릿의 거대한 주먹이 떨어져 왔다.

콰과과과광!

세 사내는 동시에 사방으로 몸을 날렸고 에솔릿의 주먹이 떨어진 자리에는 움푹 파인 땅이 보이고 있었다.

무려 여섯 개의 주먹은 사정없이 연달아 떨어져 오고 있었다.

쾅! 쾅! 쾅! 쾅! 쾅!

과거 월드 던전에서 해골 군단장을 한방에 죽였던 그 주먹이었다.

에솔릿이 한번 주먹을 내리찍을 때 마다 지진이 일어나는 것처럼 지상은 흔들리고 있었다.

지상을 깨 버릴 것 같은 굉음 소리에 전투를 벌이고 있던 자들 역시 어느새 전투를 멈추고 한쪽으로 물러서고 있었다.

성채에 있는 모든 이들은 경이로운 눈으로 지금까지단 한 번도 본 적이 없는 전투를 바라보고 있었다.

상상조차 힘들 정도의 스킬을 뿜어내고 있는 세 사내와 최강의 HNPC라는 에솔릿과 벌어지고 있는 이 전투의 승자가 승리를 할 것이라는 사실은 모두 다 알고 있었다.

지네 얼굴을 하고 있는 에솔릿의 표정이 미묘하게 변했다.

자신의 위력적인 공격에도 세 사내는 두려움을 모르는 듯이 달아나지 않고 있었다.

보통 자신의 모습을 보고 공격을 받으면 대부분 달아나거나 겁을 먹어야 했는데 어찌된 일인 지 눈앞에 있는 세 명의 투지는 더욱더 타오르고 있었다.

에솔릿은 화가 났다.

"어쭈, 네 놈들 제 정신이야? 설마 나를 이기겠다는 생각은 아니겠지?"

에솔릿의 말은 들려오지도 않고 있었다.

세 사내는 에솔릿을 만났을 때의 계획을 미리 짜 놓은 상황이었다.

"확인한다! 몸이 커졌으니 움직임은 느려! 속공을 최대로!"

산도발의 외침에 혼다와 한성은 각각 에솔릿을 포위하듯이 자리를 잡았다.

혼다는 옆 부분을 그리고 한성은 에솔릿의 등 쪽으로 움직이고 있었는데 제일 먼저 움직인 것은 한성이었다.

허공으로 뛰어 오른 상황에서 춤을 추듯이 한성의 양손은 흔들렸다.

촤아아아아앗!

사슬이 늘어나는 순간 한성은 사슬로 마나의 기운을

흘러 넣었다.

화르르르릇!

마승지가 사용한 스킬처럼 한성 역시 화염의 기운을 사슬에 집어넣고 있었다.

불타오르고 있는 쇠사슬은 뻗어가며 사정없이 에솔릿의 몸을 강타했다.

챙! 챙! 챙! 챙! 챙! 챙!

화염의 기운을 머금고 있는 사슬들이 사정없이 에솔릿의 몸을 때리는 순간 노란색 쉴드는 그대로 깨어지고 있었다.

과거 생존도에서 에솔릿을 붙잡으려 죽어라 내리찍었던 쉴드는 지금 깨어지고 있었지만 또 다른 쉴드가 이중으로 에솔릿의 몸을 보호하고 있었다.

과거에 비해 발전한 것은 한성 뿐이 아니었다.

에솔릿 역시 스킬들을 습득하였고 지금 보이고 있는 보라색의 쉴드는 쉴드 중에 최강의 쉴드였다.

보라색의 빛나고 있는 쉴드를 본 한성의 표정이 굳었다.

'그 때 보다 더 강해진 쉴드다!'

보라색 쉴드가 반짝이는 순간 포돌스키는 미소를 머금었다.

'현존하는 최강의 쉴드다!'

최강의 HNPC에게 최강의 쉴드를 선물한다는 듯이 포돌스키는 에솔릿에게 아낌없는 투자를 하였고 특히나 쉴드 스킬은 에솔릿에게 우선권을 주었다.

그 결과 에솔릿의 단점으로 지적되었던 느린 움직임은 충분히 보완이 되어주고 있었다.

"아야야! 앗! 뜨거!"

에솔릿은 아프다는 듯이 말하고 있었지만 엄살이라는 것을 한성은 알고 있었다.

지금 보이고 있는 보라색의 쉴드는 자신이 들고 있는 유니크 검으로도 쉽게 부술 수 없는 방어력을 갖추고 있었다.

사슬을 타고 흘러내린 불길은 여전히 에솔릿의 쉴드 위에서 불타고 있었고 에솔릿의 신경이 한성에게 집중되는 순간 혼다의 창이 불을 뿜었고 산도발은 단검을 뿌리다시피 하며 던지고 있었다.

촤아아앗!

휙! 휙! 휙! 휙! 휙!

혼다의 창에서 뿜어져 나온 마나의 기운이 더욱더 위력적이었지만 에솔릿은 혼다의 창에는 신경을 쓰지 않고 있었는데 산도발이 내지르는 단검의 공격만큼은 철저하게 손을 뻗어 막아내고 있었다.

챙! 챙! 챙!

이 둘의 공격은 모두 다 허무하게 쉴드 앞에서 떨어져 버렸지만 에솔릿이 감추려는 부위는 찾아낼 수 있었다.

처음부터 세 사내의 공격은 에솔릿의 약점을 찾으려는 것이었다.

"쉴드 확인했다!"

지금 이들의 목적은 에솔릿의 몸에 쉴드가 없는 곳을 찾으려는 의도였다.

아무리 최강의 쉴드라 하더라도 에솔릿의 거대한 몸 전체를 덮을 수는 없었다.

명중된 부위에는 쉴드가 드러나 있었는데 쉴드가 드러나지 않는 부위가 약점 부위였다.

에솔릿의 등 쪽과 측면 부분으로는 쉴드가 가득 했지만 정면의 복부 부분으로는 쉴드가 드러나 있지 않았다.

"예상대로다! 정면 부위로는 뚫을 수 있다!"

산도발의 외침에 에솔릿은 화가 치밀어 올랐다.

"이것들이 감히!"

촤아아앗!

에솔릿의 입에서 기다란 혓바닥이 튀어 나왔다.

곤충을 사냥하는 개구리처럼 튀어나온 혓바닥은 세 사내의 몸을 노리며 연이어 떨어져 왔고 여섯 개의 주먹이 떨어지는 것과 동시에 혓바닥은 사정없이 몸을 낚아채려 하고 있었다.

"피해!"

이리 저리 피하고 있었지만 혓바닥과 함께 여섯 개의 팔은 쉴 새 없이 움직이며 떨어져 오고 있었다.

콰아아앙! 콰아아앙!

에솔릿의 주먹이 성채를 칠 때 마다 성채는 모래로 만든 것처럼 무너지고 있었고 세 명의 사내는 피하는 데에 온 신경을 집중하고 있었다.

에솔릿이 냉소를 머금었다.

"흥!"

화르르르르릇!

갑작스럽게 에솔릿의 입에서는 화염이 뿜어져 나오기 시작했다.

화염 방사기를 연상케 하는 화염에 한성이 피하는 순간이었다.

여섯 개의 주먹이 동시에 산도발 만을 노리며 떨어져 왔다.

"잡았다!"

산도발의 몸이 에솔릿의 손에 붙잡혔다.

산도발을 붙잡자마자 에솔릿의 손에 힘이 잔뜩 들어가기 시작했다.

산도발의 몸을 터뜨리겠다는 듯이 움켜쥐는 순간 에솔릿은 의아하다는 듯이 중얼거렸다.

"어쭈? 안 으깨지네?"

촤아아앗!

'철갑보호!'

산도발의 보호구에서는 빛이 나고 있었는데 마치 단단한 돌덩이처럼 산도발의 몸은 터지지 않고 있었다.

산도발의 저항에 에솔릿은 냉소를 머금고 말했다.

"그럼 그대로 먹어버리면 되지!"

에솔릿은 그대로 산도발을 집어 올려 입으로 가져가고 있었다.

"감사히 먹겠습니다!"

에솔릿이 입을 여는 순간이었다.

산도발이 노려보며 말했다.

"멍청한! 일부러 잡혀 준거다!"

촤아아아앗!

빛과 함께 산도발의 몸에서 거대한 폭발이 일어났다.

〈폭파〉

설명: 자신 주변 1M 이내에 있는 대상을 폭파 시킵니다. 자신은 피해에서 제외 됩니다. 레벨 60이상 사용가능.

특징: 스킬을 사용한 자는 피해를 입지 않지만 10분간 마나의 기운을 모을 수 없습니다. 또한 일정 수준의 충격은 신체에 전달되어 집니다. 일회용 스킬.

일종의 자폭과 비슷한 스킬 이었는데 자폭과는 다르게 자신에게는 전혀 피해가 가지 않는 스킬이었다.

단 한번 밖에 사용할 수 없었던 이 스킬은 결정적인 한방을 위해서 산도발이 아끼고 아껴 두었던 스킬이었다.

"꺄아아아악!"

에솔릿의 비명 소리와 함께 곧바로 꾕음이 울려 퍼졌다.

콰과과과광!

마치 손에 든 채로 입으로 가져가고 있던 수류탄이 터지듯이 거대한 폭발이 에솔릿의 코앞에서 일어나고 있었다.

몸 주변에서 거대한 폭발이 일어났지만 산도발은 상처 하나 없이 지상으로 착지하고 있었다.

산도발의 시선이 곧바로 에솔릿에게로 향했다.

산도발을 붙잡고 있었던 에솔릿의 한쪽 손은 폭파 되듯이 떨어져 나가 버렸고 입과 얼굴주변 역시 상당 부분 파괴된 상황이었다.

피 투성이가 된 입과 얼굴에서 피가 쏟아지고 있는 가운데 결코 무너지지 않을 것 같았던 에솔릿의 몸 역시 비틀거리고 있었다.

상당이 큰 타격을 주었지만 산도발은 인상을 찌푸렸다.

단 한번밖에 쓸 수 없는 회심의 일격 이었지만 손 하나를 가져가는 것에 그치고 있었다.

위력만 놓고 본다면 자신이 가지고 있는 스킬 중 최고의 위력을 뿜어내는 스킬이었는데 아쉽게도 산도발이 날린 것은 에솔릿의 손 하나와 입술뿐이었다.

"실패다! 으윽!"

짧은 비명과 함께 산도발은 제 자리에서 쓰러져 버렸다.

폭파 스킬의 후유증은 10분간 마나를 모을 수 없다는 점이었다.

즉 산도발은 10분간 어떠한 스킬도 사용할 수 없었다.

"서둘러!"

산도발의 일격이 끝나자 혼다가 한성에게 눈짓을 보냈다.

폭발의 충격 탓인지 에솔릿은 아직까지 움직임이 굳어 있는 상황이었다.

에솔릿이 폭발에 정신을 차리지 못하고 있던 그 순간에도 에솔릿의 다섯 손은 철저하게 약점 부위인 복부 부분을 가리고 있었다.

한성은 에솔릿의 등 위로 뛰어 올랐다.

과거 자신은 에솔릿을 쓰러뜨리기 위해 그녀의 몸에 매달린 채로 사정없이 단검을 내리찍었었다.

그때 자신의 공격은 에솔릿의 털끝 하나 건드리지 못했지만 지금은 달랐다.

에솔릿의 몸 위로 올라간 한성은 가차 없이 유니크 검을 내리찍었다.

채애애애앵!

과거 자신이 내리찍은 단검과 지금의 유니크 검은 차원이 다른 수준이었다.

최강의 검과 최강의 방패가 부딪친 것처럼 거대한 마나의 불꽃이 일어나고 있었다.

"이익!"

에솔릿의 몸이 움직이며 거대한 손이 한성을 향해 떨어지는 순간이었다.

마나의 기운에 녹아내리던 쉴드는 마침내 깨어져 버렸다.

챙그랑!

"아아아악!"

쉴드가 깨지는 소리와 함께 에솔릿의 진짜 비명이 튀어나왔다.

신체의 극히 일부분 이기는 했지만 한성의 검은 에솔릿의 피부를 찢고 있었다.

붉은 피가 솟구치듯이 뿜어져 나왔지만 치명상은 아니었다.

"얕다!"

에솔릿은 몸에 붙은 벌레를 떼어 내듯이 손으로 한성을 쳐버렸고 쉴드로 충격을 흡수한 한성은 뒤로 뛰어 오르며 혼다를 바라보았다.

한성이 노렸던 것은 혼다가 시전을 할 시간을 버는 것 이었고 계획대로 혼다는 마지막 스킬 준비를 끝마친 상황이었다.

전투가 진행되고 있는 가운데 포돌스키의 표정은 점점 더 굳어지고 있었다.

거인과 난쟁이들의 대결처럼 보이고 있었지만 100% 자신했던 승산은 점점 더 줄어드는 것처럼 느껴지고 있었다.

포돌스키는 하늘을 바라보았다.

생존도를 차단하고 있던 배리어가 사라졌으니 곧 지원군이 올 것이 분명했다.

지원군이 도착하면 자동으로 끝날 것이라 생각했지만 어찌된 일인지 불안감은 자신의 몸을 떠나지 않고 있었다.

'내 직감은 틀리지 않는다. 이 불안감은 무엇인가?'

그때였다.

한성에게 시선을 집중하고 있느라 놓치고 있던 혼다가 눈에 들어왔다.

혼다는 마나의 기운을 모으고 있었는데 두 손의 수인을 맺고 있는 모습을 본 포돌스키의 눈이 커졌다.

'설마! 저것은?'

지금 마나의 기운을 모르고 있는 혼다는 아무런 무기도 들지 않고 있었다.

마치 보조계처럼 마나의 기운을 모으고 있던 혼다가 뛰어 올랐다.

지금 혼다가 사용하는 스킬은 전투 스킬이 아니었다.

혼다에게는 산도발처럼 강한 스킬도 한성처럼 위력적인 검도 없었지만 그 만의 필살기가 하나 있었다.

'통할지는 모르겠지만!'

에솔릿을 향해 모으고 있던 두 수인을 풀었다.

"멘탈 브레이크!"

촤아아아앗!

거대한 빛이 에솔릿의 머리에 스며들었다.

〈멘탈 브레이크 Mental Break〉

설명: 3분간 NPC의 정신을 깨트립니다. 정신이 깨진 NPC는 스스로를 통제 하지 못합니다. 쿨타임 120시간.

특징: 인간에게는 적용되지 않습니다. NPC의 레벨은 같거나 낮아야 스킬 시전이 가능합니다.

설마 하며 사용한 스킬이었다.

혁명단은 에솔릿에 대한 대비책으로 여러 가지를 생각하고 있었는데 그 중 하나가 지금 사용한 멘탈 브레이크였다.

신체에 충격을 주는 물리 공격이 아닌 정신적인 데미지를 주는 이 스킬은 던전에서 상대하기 힘든 몬스터를 제압할 때 사용하는 스킬이었다.

정신이 깨진 몬스터는 통제가 되지 않은 채 미친 듯이 사방으로 날뛰게 되었는데 HNPC에게 이 스킬이 통할지는 아직 알 수 없었다.

HNPC는 절반의 몬스터와 절반의 인간이었는데 인간에게는 적용되지 않는 이 스킬이 HNPC에게 적용될지는 그 누구도 알지 못했다.

모두의 시선이 에솔릿에게 향했다.

거대한 빛이 에솔릿의 머리에 명중되었지만 외견상으로는 전혀 피해가 없었다.

지금 깨져 버린 것은 그녀의 정신 이었다.

잠시 멈칫 거린 에솔릿의 입에서 웃음이 새어 나왔다.

"히히히히히."

웃음 소리를 듣는 순간 혼다와 한성은 스킬이 성공했다는 것을 알 수 있었다.

'성공이다!'

반쯤 미쳐 버린 것 같은 에솔릿의 입에서 웃음과 함께 동요가 새어 나왔다.

"히히히. 열 마리 원숭이가 침대에서 뛰어 놀아요~"

포돌스키의 얼굴이 구겨졌다.

'큰일 났다! 미쳐버렸군.'

에솔릿이 실력 면에서는 최강의 HNPC라는 사실에는 의심이 여지가 없었지만 정신적인 면에서는 문제가 있었다.

진지하게 전투에 임하지 못하는 성격과 어린아이와 같은 장난기 있는 성격은 최강병기라는 이름에 어울리지 않는 성격이었다.

누군가를 향한 복수심이나 증오심이 없는 에솔릿의 멘탈은 약했다.

챙그랑!

그 누구도 들을 수 없는 소리가 에솔릿의 마음속에서 울려 퍼지고 있었다.

멘탈 브레이크 스킬은 정확하게 에솔릿의 멘탈을 파괴시켜 버리고 있었다.

순간 에솔릿이 중얼거렸다.

"어래? 내가 왜 이러지? 우우우욱!"

정신이 오락가락 하는 듯 제 자리에서 빙글 빙글 돌고 있던 에솔릿의 입에서 화염이 토하듯이 뿜어져 나왔다.

화르르르르릇!

누군가를 타겟팅하고 노린 것이 아닌 고통을 토해내듯이 입에서 나오고 있는 화염이 향하는 곳은 혁명단이 아니었다.

지금 에솔릿의 입에서 나온 화염은 어이없게도 관리자 쪽을 향하고 있었다.

"으아아아아아!"

같은 편을 향해 화염을 내지를 줄은 꿈에도 생각지 못했던 탓에 관리자들은 그대로 화염을 받을 수밖에 없었.

미쳤다 하더라도 위력은 그대로였다.

아니 미친 상태에서 마구잡이식으로 쏟아지는 공격은 더욱더 파괴적으로 되고 있었다.

화르르르르릇!

태풍처럼 뿜어져 나온 화염은 화산이 터진 것처럼 사방으로 퍼져 가고 있었고 순식간에 관리자 혁명단 가릴 것 없이 닥치는 대로 녹여 버리고 있었다.

순식간에 수십 명의 사람들이 녹아 버렸고 성채 전체에는 불길로 뒤덮이고 있었다.

순간 끝도 없이 쏟아질 것 같았던 화염이 멈추었다.

"꺄아악! 내가 뭔 짓을 한 거지?"

생전 처음 겪은 공격에 에솔릿은 크게 당황하고 있었다.

몇 초 간격으로 정신은 오락가락 하고 있었고 지금 에솔릿에게는 약점 부위를 보호해야 한다는 생각도 없었다.

"지금이다!"

한성은 유니크 검을 겨누며 에솔릿의 복부 부위를 향해 돌격해 가기 시작했다.

비어 있는 복부를 향해 한성의 검이 일직선으로 들어가고 있는 가운데에서도 에솔릿은 정신이 나간 듯이 노래를 흥얼거리고 있었다.

"한 마리 원숭이가 침대에서 뛰어 놀아요~"

좌아아아앗!

복부를 향해 한성의 검이 찔러 들어가는 순간이었다.

오락가락 하고 있던 에솔릿의 정신은 살기에 반응을 했다.

"안 돼!"

순간 에솔릿의 정신이 돌아온 듯이 외침과 함께 복부 앞으로 손 하나가 가로 막았다.

챙그랑!

손등에 생성된 쉴드는 한성의 기세를 꺾을 수 없었다.

푸우우우욱!

맹렬한 기세로 뻗어가고 있던 한성의 유니크 검은 그대로 쉴드를 깨부수며 손등을 꿰뚫고 있었다.

"아악!"

고통스러운 에솔릿의 비명 소리에 아랑곳없이 한성은 그대로 검을 밀어 넣었다.

그대로 복부로 향해 뻗어가던 검 앞에 또 다른 손바닥이 나타났다.

챙!

두 번째 손바닥이 첫 번째 손바닥을 꿰뚫고 나온 한성의 검을 막았다.

검이 막히는 순간 한성은 무리해서 공격을 하지 않고 검의 방향을 틀었다.

약점 부위인 복부를 노리고 있던 한성의 검이 노린 부분은 첫 번째 자신의 공격을 막았던 손의 손목이었다.

검을 돌리고 있는 한성의 시선이 에솔릿의 손목 주변의 쉴드가 없는 부분으로 향했다.

촤아아앗!

한성의 검은 빙글 돌면서 손목의 쉴드가 생성되어 있지 않은 부위를 따라 베어버리고 있었다.

손목이 찢어지는 것과 동시에 피가 튀어 올랐고 한성의 유니크 검에 잘려나간 에솔릿의 손은 그대로 땅위로 떨어지고 있었다.

땅위로 떨어진 손바닥이 파닥 파닥 뛰는 순간 에솔릿의 비명이 울려 퍼졌다.

"아아아악! 아파! 아파!"

두 개의 손이 날아갔지만 아직까지 네 개의 손이 남아

있었다.

'두 개 제거!'

복부에 명중시키기 위해서는 방패처럼 막고 있는 손을 먼저 제거해야 했다.

한성은 아직까지 최후의 일격을 위해 확장 스킬을 아끼고 있었는데 한성의 예측으로는 확장을 사용했을 경우 자신의 검이 뚫을 수 있는 것은 세 개 까지였다.

'두 개의 방패가 떨어졌다! 이제 남은 건 네 개. 하나만 더!'

또 하나의 팔을 잃은 에솔릿의 정신은 여전히 오락가락하고 있었다.

"아파, 아파! 이 새끼 죽여 버리겠어!"

남아 있던 네 개의 손 중 하나가 한성의 머리 위에서 떨어지려는 순간이었다.

갑자기 에솔릿은 한성을 내리찍으려 했던 손을 거두어들이며 제 자리에 빙글빙글 돌기 시작했다.

"돌려라~ 돌려라~"

빙글 빙글 돌고 있던 에솔릿은 자신이 만들어 놓은 불바다에 자극이 된 것처럼 또다시 화염을 뿜으며 불길을 더욱 더 크게 만들고 있었다.

화르르르르!

에솔릿은 신이 난다는 듯이 불길 속에서 춤을 추기 시작했다.

에솔릿의 거대한 몸이 불길 속에서 춤을 출 때 마다 패시브 스킬인 쉴드들은 자동으로 에솔릿의 몸을 보호하였고 불똥들은 사방으로 튀어 오르며 주변을 불지옥으로 만들고 있었다.

"으아아아악!"

"우아아아앗!"

사방으로 퍼진 불은 관리자나 혁명단 가리지 않고 불태우고 있었고 포돌스키가 절망스러운 눈으로 에솔릿을 바라보았다.

'아, 이렇게 치명적일 줄이야!'

북쪽 지역을 제외한 성채의 대부분은 불길에 휩싸이며 무너져 가며 포돌스키의 걸음은 점점 더 북쪽의 세이프 타워 쪽으로 이동하고 있었다.

"히히힛! 불새가 되어~"

미친 듯이 행동하며 그녀의 입에서 새어나오는 노래 소리에 모두가 기겁을 하던 그 순간이었다.

혼다가 소리쳤다.

"서둘러! 스킬 시간이 종료된다!"

자신이 사용한 멘탈 브레이크는 어느새 끝나가고 있었고 지금이야 에솔릿이 제 정신이 아닌 탓에 손목을 날려 버릴 수 있었지만 다시 제 정신으로 돌아온다면 결코 쉽지 않게 될 것이 분명했다.

불길이 앞을 가로막고 있는 가운데 검을 들고 달려 나가려는 순간 한성의 머릿속에는 떠오르는 생각이 있었다.
"타겟팅!"
한성이 스킬을 발산 시키자 에솔릿의 눈 주변으로 네모난 과녁 모양이 생성되었다.
주로 특정 몬스터를 스나이핑을 하거나 포인터가 궁수들을 대신해서 과녁을 정할 때 생겨나는 과녁 모양이 에솔릿 눈에 형성되는 순간 이었다.
한성은 재빨리 검 끝을 포돌스키에게로 향했다.
마치 마우스로 화면에 보이는 과녁을 끌어당긴 것처럼 과녁 모양은 즉각 포돌스키의 몸으로 따라갔고 포돌스키의 몸에서 과녁이 번쩍이는 순간 이었다.
'성공!'
에솔릿의 매서운 눈초리 역시 자동으로 포돌스키에게 향하고 있었다.

〈타켓팅〉
설명: 45초간 몬스터의 공격성을 지정한 대상으로 향하게 합니다. 스킬이 성공할 확률은 랜덤이며 몬스터의 정신력이 약할수록 성공 확률은 더욱더 높아집니다. 쿨 타임 240시간.
특징: 인간에게는 적용되지 않습니다. 타겟팅한 대상이 죽으면 그 즉시 효과는 끝납니다.

"히히히~ 곰 세 마리가 침대에서~"

에솔릿이 정신이 반쯤 나가 있는 상황에서 타겟팅 스킬은 절묘하게 그녀의 정신을 파고들었다.

원래 이 스킬은 던전에서 보스 몬스터를 상대할 시 일시적으로 보스 몬스터의 시선을 순간적으로 돌리기 위한 스킬이었다.

주로 보스를 감당하지 못하게 되었을 때 다른 대상으로 공격성을 돌리고 달아나기 위해 쓰는 스킬이었는데 스킬의 성공 확률 자체가 랜덤이었고 던전 몬스터를 두고 달아날 일이 없었던 한성에게는 거의 잊힌 스킬이나 마찬가지였다.

에솔릿이 완전한 NPC가 아니란 사실에 통할지는 미지수였지만 혼다의 정신 공격이 통한 것을 본 한성은 주저 없이 스킬을 사용했다.

평소라면 전혀 먹히지 않을 공격이었지만 지금 정신이 반쯤 나간 에솔릿에게는 통하고 있었다.

자신의 몸에 새겨진 과녁을 본 포돌스키의 얼굴이 일그러졌다.

'이, 이따위 스킬을!'

한성은 재빨리 검을 들며 에솔릿을 향해 달려가기 시작했다.

'시간은 45초 뿐!'

한성이 달려오고 있었지만 에솔릿은 한성에게 등을 보인 채로 포돌스키에게 향하고 있었다.

마치 한성과 에솔릿이 같은 편이 된 듯 한 모습에 포돌스키는 낭패한 표정을 지었다.
'이런! 역시 에솔릿은 정신적인 부분이 약점이다!'
육체적인 면에서는 그 어떤 HNPC보다 강했지만 정신적인 면은 취약했다.
인간이나 정신력이 강한 HNPC라면 지금 정도의 공격은 걸리지 않아야 했는데 에솔릿은 여지없이 걸리고 있었다.
지금 상황에서는 육체적인 피해 보다 정신 적인 피해가 더욱더 위험했다.
'이래서 절대자께서 끝까지 에솔릿을 신용하지 않은 것인가!'
에솔릿을 따로 테스트 하라는 지시를 내린 이유가 이곳에 있다는 사실을 깨달았지만 지금은 그런 생각을 할 겨를이 없었다.
에솔릿의 입에서 화염이 번쩍이는 순간이었다.
"우웃!"
포돌스키는 정신이 바짝 들었다.
지금 에솔릿이 타겟팅을 한 대상은 바로 자신이었다.
화르르르릇!
"으아아아앗!"
쉴드 스킬을 작동시키며 한쪽으로 달아나는 순간이었다.

쉴드로 보호하기는 했지만 머리카락이 타는 냄새와 살이 그을린 냄새가 포돌스키의 후각을 자극했다.

얼마나 놀랐는지 어떤 상황에서도 예의를 갖추었던 포돌스키의 입에서 욕이 튀어 나왔다.

"이 미친년아! 이쪽이 아니다!"

포돌스키의 외침에도 불구하고 에솔릿은 포돌스키를 향해 주먹을 내리찍고 있었다.

콰과과광!

포돌스키는 재빨리 몸을 날리며 피했고 에솔릿은 포돌스키가 서 있던 성채를 산산조각 내버리고 있었다.

포돌스키는 북쪽을 힐끔 보았다.

'세이프 타워로 달아날 수 밖에! 타겟팅 스킬은 짧다. 에솔릿의 정신이 돌아왔을 때 그대로 달아나 버린다!'

포돌스키가 속공을 최대한 도로 끌어 올리며 달아날 생각을 하고 있던 그때였다.

그때였다.

두두두두둥!

한쪽에서 헬리콥터의 요란한 소리가 들려오고 있었다.

포돌스키가 반가운 미소를 머금었다.

"왔구나!"

예상대로 지원군들이 파견되어 날아오고 있었다.

헬리콥터의 숫자가 많지는 않았지만 적어도 실력자들이 이곳에 도착한다면 상황은 정리 될 것이 분명했다.

포돌스키가 안도하는 순간 그의 눈썹이 꿈틀 거렸다.

다가오고 있는 헬리콥터들을 향해 지상으로부터 섬광이 솟구치고 있었다.

"어엇?"

자신이 잘못 보았다는 것이 아니라는 듯이 지상에서는 섬광이 헬리콥터를 향해 뻗어나가고 있었다.

슈우우우웃! 슈우우우웃!

섬광은 미사일 같은 현대식 무기가 아니었다.

쾅! 쾅! 쾅!

컨트롤 타워를 제압한 혁명단들이 미리 지상에 대기를 시켜 두었다는 듯이 지상에서는 헬리콥터로 향해 마나의 기운이 번쩍이며 명중되고 있었다.

연기를 내뿜고 있는 헬리콥터는 어지럽게 허공에서 빙빙 돌다 바다로 떨어지고 있었다.

헬리콥터에 탄 각성자들은 서둘러 바다로 뛰어 내리고 있었다.

각성자들의 실력이라면 죽지는 않겠지만 문제는 바다에 떨어졌으니 도움은 일체 받을 수 없을 것이 분명했다.

"이, 이런!"

포돌스키의 얼굴에 낭패감이 가득해 지던 순간이었다.

'저건?'

또 다른 군용 헬리콥터 한대가 날아오고 있었는데 이들은 혁명단이었다.

세이프 존 A지역 근처로 날아온 헬리콥터에서 섬광이 번쩍이기 시작했다.

파아아아앗! 파아아앗!

지수를 비롯한 혁명단의 장거리 공격이 얼마 남지 않지도 않은 관리자들을 향해 떨어지고 있었다.

"우와아아아!"

벼락 같이 떨어진 공격에 관리자들은 쓰러지기 시작했고 지수와 민석이가 엄호하는 사이에 헬리콥터에서는 몇몇 이들이 뛰어내리기 시작했다.

제일 먼저 착지한 제시카가 외쳤다.

"아티팩트 설치!"

이들은 지금 이 자리에서 아티팩트를 설치한 이후 동시에 던전으로 빠져 나갈 생각이었다.

지상에서 아티팩트가 바쁘게 설치되어 있는 가운데에서도 공중을 배회하고 있는 헬리콥터에는 아직 몇 명의 사람들이 남아 있었는데 바로 지수와 민석이었다.

한성을 찾는 다는 듯이 주위를 두리번거리고 있던 민석이가 외쳤다.

"아! 저기다! 으아! 에솔릿!"

한성은 화염을 내지르고 있는 에솔릿의 뒤를 따라가고 있었는데 어찌된 일인지 에솔릿과 한성은 동시에 포돌스키를 향해 달려가고 있었다.

"따라가요!"

민석이가 헬리콥터를 조정하고 있던 조종사에게 말하는 순간 헬리콥터는 에솔릿의 뒤를 따르는 순간 이었다.

헬기 안에 있던 부조종사가 말했다.

"관리자들 옵니다!"

민석이의 시선이 남쪽 방향으로 향했다.

헬리콥터를 타고 온 관리자들은 모두 다 명중되어 바다 속으로 침몰했지만 타 지역에서 출발한 자들은 어느새 세이프 타워 A지역으로 도착하고 있었다.

지원군이 도착하고 있었지만 포돌스키는 미련 없이 성채를 버렸다.

성채의 성벽 위에서 뛰어내린 포돌스키는 재빨리 북쪽에 있는 세이프 타워로 향해 달아나기 시작했다.

에솔릿의 타겟팅 스킬이 곧 끝날 거라는 사실도 알고 있었지만 포돌스키는 신중했다.

'잘해야 10초 남았겠지? 하지만 불안 요소가 너무 많다. 위험은 떠안지 않는 것이 최선.'

타겟팅에 걸려 있는 에솔릿은 포돌스키를 따라 북쪽으로 쫓아가기 시작했다.

최대한의 속공을 사용해 움직이고 있던 포돌스키는 뒤를 슬쩍 보았다.

"제일 맛있어 보여! 제일 먹고 싶어!"

아직까지 한성이 시전 한 타겟팅 스킬에서 깨어나지 못했다는 듯이 에솔릿은 자신을 잡아먹겠다는 듯이 군침을 흘리며 달려오고 있었다.

"히히히히~"
미쳐버린 개처럼 침을 질질 흘리며 포돌스키에게 달려가고 있는 에솔릿의 앞에는 성채가 굳건히 가로막고 있었다.
성채가 가로막고 있었지만 에솔릿은 성채 따위는 보이지도 않는 다는 듯이 포돌스키를 바라보며 여전히 속도를 늦추지 않고 있었다.
콰과과광!
눈앞에서 가로 막고 있는 성채는 아무것도 아니었다.
에솔릿의 몸이 성채에 부딪치는 순간 성벽은 그대로 무너졌고 포돌스키의 귀에는 에솔릿의 걸음 소리만이 울려 퍼지고 있었다.
쿵! 쿵! 쿵! 쿵! 쿵!
자신이 속공을 높이고 있는 가운데 에솔릿 역시 속도를 높이고 있었고 지금 속도는 아무리 포돌스키라 하더라도 무시할 수 없는 속도였다.
에솔릿이 멀어져 가는 순간이었다.
"아! 살았다!"
에솔릿이 멀어져 가고 아티팩트가 완성되고 있는 것을 본 혁명단의 입에서는 안도의 한숨이 나오고 있었다.
"서둘러! 부상자들을 빨리 데려와!"
"아티팩트 완성! 시전 합니다!"

관리자들이 오고 있기는 했지만 이제 아티팩트가 완성되었으니 달아나 버리기만 하면 그만 이었다.

준비가 끝났다는 듯이 아티팩트의 마나의 기운이 물결치기 시작하는 순간 제시카가 외쳤다.

"오세요! 빠져나갑니다! 아!"

제시카의 눈이 커졌다.

움직이지 못하고 있는 산도발을 비롯하여 혁명단 모두가 아티팩트로 모여들고 있는 가운데 한성과 혼다는 에솔릿의 뒤를 따라가고 있었다.

에솔릿이 파괴 시킨 성채를 지나 따라가고 있던 한성의 손에서 사슬이 뻗어나갔다.

휘리리리릭!

사슬은 에솔릿의 어깨를 휘감았고 팔 끝에 묶인 채로 한성의 몸은 허공에 뜬 채로 딸려가고 있었다.

"아! 이런!"

지금 상황에서는 달아나는 것이 우선이었는데 한성은 끝을 보겠다는 듯이 에솔릿을 추격하고 있었다.

한성을 기다려 줄 여유는 없었다.

제시카가 놀란 표정을 짓고 있는 가운데 쓰러져 있던 산도발이 말했다.

"저 사내는 끝까지 싸울 생각이다. 이런 기회는 두 번 다시 오지 않을 테니까."

산도발의 말이 끝나는 순간이었다.

"관리자들 옵니다!"

어느새 지상으로부터 온 관리자들이 도착을 하고 있었다.

벌써부터 섬광 탄들이 혁명단들을 향해 쏟아지기 시작했고 지금의 병력으로는 더 이상 지체할 시간이 없었다.

어쩔 수 없이 제시카가 외쳤다.

"아티팩트 시전!"

촤아아아아앗!

곧바로 아티팩트 주변에 있던 혁명단들은 사라져 버렸다.

"달아났습니다!"

"저쪽으로!"

세이프 존에서 혁명단을 놓친 관리자들은 에솔릿을 향해 달려가기 시작했다.

한성이 딸려오고 있었지만 타겟팅이 걸려 있는 에솔릿은 여전히 포돌스키만을 바라보며 달려가고 있었다.

운명의 장난이었을까?

한성의 머릿속으로 과거의 생각이 스치고 지나갔다.

과거 에솔릿이 플레이어들을 유인하기 위해 파괴 시켰던 그곳과 똑같은 장소에서 지금 에솔릿은 유인 당해 북쪽으로 달려가고 있었다.

과거 생존도에서 플레이어들을 구하기 위해 뛰어 갔을 때와 똑같은 상황이 반복되어 지고 있었다.

'이번 만큼은 다르다!'

한성이 이를 악물고 있던 그 순간이었다.

촤아아앗!

촤아아앗!

하늘에서 벼락이 떨어지듯이 섬광이 번쩍이며 에솔릿의 머리를 향해 떨어져왔다.

지수는 헬리콥터에 매달린 채로 에솔릿의 머리를 향해 모든 스킬을 쏟아 붓고 있었다.

"죽어! 죽어!"

지수답지 않게 소리치고 있었지만 그녀의 공격은 에솔릿의 최상위 쉴드를 깰 수 없었다.

섬광이 에솔릿의 머리에 명중 될 때 마다 보라색 쉴드가 생성되며 에솔릿은 전혀 영향을 받지 않았다는 듯이 포돌스키만을 향해 달려가고 있었다.

민석이가 외쳤다.

"더 낮게! 따라가요!"

하늘에서는 헬리콥터를 탄 지수와 민석이가 따라가고 있었고 지상의 혁명단 중에는 혼다만이 한성을 따라가고 있었다.

이들 모두 다 말하지는 않고 있었지만 암묵적으로 한성이 당해내지 못할 거라는 사실은 알고 있었다.

에솔릿에 매달린 채로 멀어져 가는 한성의 뒤를 쫓고 있던 혼다가 생각했다.

'무리다. 지금이야 타겟팅 스킬로 에솔릿이 힘을 내지 못하고 있지만 타겟팅 스킬은 곧 끝난다. 더군다나……'

혼다는 뒤를 바라보았다.

혁명단이 전혀 없는 가운데 자신을 추격해 오는 관리자들의 모습이 보이고 있었다.

관리자들을 본 것은 헬리콥터에 탄 혁명단 역시 마찬가지였다.

헬기 부조종사가 외쳤다.

"관리자들 공격합니다! 더 낮게 날기 힘듭니다!"

촤아아앗!

헬기 근처로는 위협적인 섬광들이 스쳐 지나가고 있었고 지수 역시 응사했다.

촤아아앗!

지수의 스킬이 불을 뿜는 순간 날아간 섬광은 동시에 사방으로 퍼지며 수십 개의 화살을 만들어냈다.

쉴 새 없이 관리자들을 향해 활을 쏘고 있던 지수의 손짓이 멈추어 버렸다.

"아!"

스킬은 이미 다 낭비된 상황이었고 일시적으로 관리자들의 접근을 막기는 했지만 더 이상의 이들을 지체시킬 수는 없었다.

다급해진 조종사가 외쳤다.

"그냥 탈출 합시다!"

민석이가 외쳤다.

"가까이 가 줘요! 제가 데려 오겠습니다!"

곧바로 민석이는 지상으로 뛰어 내렸고 모두가 포돌스키의 뒤를 따르고 있는 가운데 포돌스키는 절벽 끝의 세이프 타워에 도착한 상황이었다.

[세이프 타워 이동합니다! 10, 9, 8, 7······.]

포돌스키는 이미 세이프 타워에 진입해 있었고 세이프 타워는 이미 전송할 준비를 끝마치고 있었다.

자신을 잡아먹으려 입을 벌리고 있는 에솔릿을 향해 포돌스키는 마음속으로 중얼거렸다.

'한심한 실패작! 그냥 뒈져버려!'

포돌스키가 마음으로 한 소리를 들은 것처럼 에솔릿의 입이 최대한도로 커졌다.

"우와아아아앙!"

에솔릿의 입이 포돌스키를 삼키려는 순간 빛과 함께 그대로 포돌스키의 몸은 사라져 버렸다.

콰과과광!

에솔릿의 입에 부딪친 세이프 타워가 날아가는 것과 동시에 한성은 유니크 검을 꺼내 들었다.

텅 빈 에솔릿의 복부가 보이고 있었다.

다시는 올 수 없는 기회였다.

'확장!'

촤아아아앗!

백호의 원혼이 담긴 검은 순식간에 커지고 있었다.

확장된 검이 에솔릿의 복부를 향해 찔러가는 순간 한성의 귀에 기계음이 울려 퍼졌다.

[타겟팅 스킬 종료됩니다!]

한성은 외쳤다.

"지옥으로 떨어져!"

절벽 끝으로 떨어뜨리겠다는 듯이 한성의 몸과 검이 동시에 찔러 들어가는 순간이었다.

"안 돼!"

정신이 돌아온 에솔릿의 목소리가 울려 퍼졌다.

챙그랑!

퍼어어억!

챙그랑!

퍼어어억!

에솔릿의 외침과 동시에 두 번의 쉴드를 깨부수는 소리와 손바닥을 꿰뚫는 소리가 울려 퍼지는 순간이었다.

챙!

어느새 세 번째 손바닥이 한성의 검을 막고 있었다.

한성의 시선은 거대 방패처럼 앞을 가로막고 있는 손바닥에 집중되어 있었지만 에솔릿의 노려보는 시선이 느껴지고 있었다.

에솔릿의 얼굴에는 그 어느 때 보다 화가 잔뜩 올라 있었다.

멘탈 브레이크와 타겟팅 스킬에 연이어 걸려 있었지만 자신이 한 행동은 똑똑히 기억하고 있었다.

한성을 내려다보며 에솔릿이 말했다.

"너, 이, 이제 죽었어! 그대로 씹어 먹어버리고 말 거야!"

뒤따라온 혼다와 민석이는 걸음을 멈춘 채 한성을 바라보았다.

한성의 확장된 검은 방패처럼 막은 에솔릿의 손을 뚫고 있었지만 겹겹이 막고 있는 네 개의 손바닥을 모두 다 뚫을 수는 없어 보였다.

'역시 무리인가……'

혼다가 체념하는 순간이었다.

"저기 있다! 잡아라!"

뒤쪽에서 수십 명의 관리자들이 뛰어오고 있었다.

혼다와 민석이가 스킬들을 뿜어내며 관리자들을 막고 있는 가운데 전력을 다해 검을 찔러 넣고 있던 한성 역시 고개를 떨어뜨리고 있었다.

"크, 크윽!"

자신의 검은 더 이상 움직이지 못하고 있었다.

마치 거대한 산을 향해 검을 찔러 넣고 있는 것처럼 에솔릿은 제 자리에서 꼼짝도 하지 않고 있었다.

가까스로 세 번째 손바닥의 쉴드를 깨부수며 검은 에솔릿의 세 개의 팔을 붙잡고 있었지만 마지막 하나는 끝내 뚫지 못하고 있었다.

에솔릿의 손은 한성의 검에 봉쇄당한 상황이었고 한성역시 검을 놓을 수 없었다.

세 번째 손바닥에 막힌 검을 본 에솔릿이 남아 있는 손 하나를 꺼내 보이며 말했다.

"나는 아직 손이 하나 더 있네!"

에솔릿은 한성을 내리찍으려는 듯이 손 하나를 들어 올리고 있었다.

이 상황에서도 주춤 거렸던 관리자들은 수도 없이 몰려오고 있었고 이 상태라면 더 이상 버티기 힘들었다.

민석이가 다급하게 외쳤다.

"그냥 버리고 달아나요!"

민석이가 외치는 순간이었다.

"가만!"

혼다가 손을 들어 올렸다.

무언가를 느낀다는 듯이 혼다는 시선을 관리자들에게 향하며 말했다.

"저 사내에게 맡긴다! 우리는 눈앞의 관리자들을 상대하는 것에 집중하도록 하자!"

"지금 그럴 때가! 아!"

민석이의 눈이 커지는 순간 이었다.

절망적인 상황 속에서도 한성의 몸에서 뿜어져 나오는 투지는 더더욱 커지고 있었다.

고개를 숙이고 있던 한성이 말했다.

"그거 알아?"

에솔릿이 듣고 있는 지 아닌지 알지 못했지만 한성은 개의치 않고 말했다.

"이곳 절벽은 전에 나와 플레이어들이 떨어진 곳이야. 이곳에서 수백 명의 사람들이 동시에 죽었어."

한성의 말이 끝나는 순간이었다.

내리찍으려고 들어 올렸던 에솔릿의 손은 자신도 모르게 내려지고 있었다.

한성의 몸에서 뿜어져 나오고 있는 살기는 에솔릿의 몸을 반응하게 하고 있었다.

한성이 중얼거렸다.

"지금 내 눈에는 보여. 나를 도와주고 있는 수많은 원혼들이……."

지금 한성의 말은 거짓이 아니었다.

한성의 주변으로는 수많은 플레이어들이 영혼처럼 나타나 한성에게 힘을 실어 주고 있었다.

한명 한명 한성의 검에 힘을 넣어주며 어느새 한성의 곁에는 수백의 영혼들이 감싸며 힘을 넣어주고 있었다.

한성이 말을 마치는 순간이었다.

퍼어어억!

도저히 뚫지 못할 것 같았던 세 번째 손바닥이 꿰뚫리고 있었다.

"아얏!"

급하게 마지막 남은 손바닥으로 한성의 검을 막는 순간이었다.

"어어엇?"

놀랍게도 한성은 한걸음씩 앞으로 나아가고 있었다.

한성이 한걸음 앞으로 나서는 것과 동시에 움직이지 않을 것 같던 에솔릿의 몸은 한걸음씩 뒤로 물러서지고 있었다.

"뭐야? 이, 이 힘은?"

거대한 에솔릿의 몸이 덜덜 떨고 있었다.

자신의 체구와 한성의 체구를 비교하면 결코 자신은 뒤로 밀리지 말아야 했다.

던전에서 만난 그 어떤 힘도 심지어 드래곤을 탱킹했을 때 느꼈던 힘도 지금 만큼은 강하지 않았다.

한성의 검의 위력뿐만 아니라 자신의 뒤쪽 절벽에서 무언가 자신을 끌어당기고 있는 기분이 들고 있었다.

한성이 한 걸음 앞으로 나설 때 마다 에솔릿은 한걸음씩 절벽끝으로 물러서게 되었고 한성의 섬뜩한 목소리가 들려왔다.

"뒤쪽의 바다에서 너를 끌어당기고 있는 원혼들이 있다."

믿을 수 없는 말이었지만 이미 에솔릿의 정신을 혼란스럽게 하기에는 충분했다.

"거, 거짓말!"

입으로는 부인하고 있었지만 에솔릿은 어느새 뒤를 돌아보고 있었다.

에솔릿이 순간적으로 뒤를 바라보는 순간 이었다.

한성의 검에서 빛이 번쩍였다.

"일격 필살!"

좌아아앗!

지금 한성이 사용한 스킬은 결코 화려하지도 않고 거대한 위력을 발휘하는 스킬도 아니었다.

지금 한성이 사용한 스킬은 기초 스킬 중에 하나였다.

단지 말 그대로 단순하게 한 지점만을 노리고 뻗어가는 스킬이었지만 지금 한성이 사용한 스킬은 그 어느 스킬보다 찬란하게 빛을 내고 있었다.

챙그랑!

도저히 뚫지 못할 것 같았던 네 번째 쉴드가 깨지고 마지막 손바닥이 뚫리는 순간 이었다.

모든 것을 던지다시피 한 한성의 최후의 일격이 에솔릿의 몸을 떠오르게 하고 있었다.

"죽은 이들의 원혼을 느껴라!"

좌아아아아앗!

에솔릿의 팔들을 모두 다 잘라 버리는 것과 동시에 가슴을 찢으며 올라간 검은 그대로 목덜미를 관통하는 것과 동시에 그녀의 거대한 몸을 절벽 끝으로 떨어뜨리고 있었다.

"퀘에에에에엑!"

인간이 느낄 수 있는 고통의 한계를 넘어서자 NPC의 비명이 튀어나오고 있었다.

에솔릿이 절벽으로 떨어지는 순간이었다.

에솔릿의 눈에는 똑똑히 보였다.

바다로부터 수많은 원혼들이 그녀의 몸을 끌어당기고 있는 모습을.

마치 지옥으로 온 것을 환영한다는 듯이 수백 명의 원혼들은 에솔릿을 향해 두 팔을 벌리며 맞이해 주고 있었다.

첨벙!

에솔릿과 한성의 몸이 바다에 떨어진 순간이었다.

[패시브! 버블 작동합니다!]

바닷물 속으로 빠진 한성의 몸에 자동으로 버블이 감싸고 있었다.

버블 안에 있는 한성의 눈에는 끊임없이 피를 뿜어내며 가라앉고 있는 에솔릿의 모습이 보이고 있었다.

에솔릿을 처리했다는 생각이 드는 순간 극도의 긴장감이 깨져 버렸다.

자신도 모르게 눈에서 눈물이 흘렀다.

생존도에서 죽은 자들이 자신을 보고 있는 것 같았다.

시체로 가득했던 그때와 다르게 푸른 바다만이 보이고 있었지만 한성의 눈에는 원혼들이 보이고 있었다.

이들의 눈에는 증오도, 원망도 보이지 않고 있었다.

"하아."

한숨과 함께 한성은 눈을 감았다.

눈을 감기 전 마지막으로 과거 디케이에게 죽었던 그녀가 보이고 있었다.

그녀는 미소 짓고 있었다.

NEO MODERN FANTASY STORY

## 2. 시크릿 던전.

회귀의 절대자

## 2. 시크릿 던전.

꿈.

한성은 꿈을 꾸고 있었다.

마치 리플레이를 보여 주듯이 관찰자 시점으로 자신의 모습이 생생하게 보이고 있었다.

꿈속에서 자신은 절벽에서 떨어지고 있었고 눈을 뜬 채로 죽은 에솔릿의 눈동자가 보이고 있었다.

꿈이라는 사실을 인식했지만 에솔릿이 바다 속으로 잠기고 있는 장면은 자신이 의식을 잃기 전의 마지막 모습이었다.

에솔릿이 검푸른 바다 속으로 가라앉고 있던 그 순간 과거 죽었던 플레이어들의 영혼들이 모두 다 나타났고 자신은 버블 안에서 생존도의 영혼들과 함께 떠오르고 있었다.

버블이 사라지고 차가운 바닷물에 쓸려가는 순간 헬리콥터에서 뛰어 내린 민석이의 모습이 보이고 있었고 자신은 그대로 정신을 잃어버렸다.

지금 주변은 온통 하얀색으로 뒤덮여 있었다.

과거에 와 본 적이 있는 장소였다.

과거 에솔릿의 공격에 의해 모든 것을 체념 했을 때 자신과 똑같은 모습을 한 자아들이 나타난 그곳이었다.

한성은 주변을 살펴보았다.

과연 자신과 똑같은 모습의 사내들이 나타나 있었다.

그때와 똑같은 꿈을 꾸고 있는 것이 아닌지 생각하고 있던 그때였다.

그때와는 약간 달라진 분위기였다.

경멸과 조롱조로 바라보고 있던 그때와는 다르게 다소 놀람과 의아함이 교차되는 분위기였다.

자신과 똑같이 생긴 사내들이 속삭이는 소리가 들려왔다.

"어때? 가능한 것 같아?"

"글쎄, 처음 보다는 나아지기는 했지만 그래도 힘들지 않겠어?"

"이게 마지막 희망이야. 이 놈이 실패하면 더 이상 없는데?"

"그래도 에솔릿을 넘어섰어. 이건 믿을 수 없는 일이야."

"이제 큰 고비 하나 넘은 건가? 하지만 지금부터는 에솔릿 보다 더 강한 상대와 싸워야 할 텐데? 불안한데?"

"그래도 절대자가 암묵적으로 도와주고 있어. 가능할 것 같아."

알 수 없는 이야기들이 이어지고 있는 가운데 한성은 눈을 떴다.

차가운 바다 속에 잠겨 있던 몸은 의외로 따스했다.

마법진이 보이고 있었다.

마법진이 흘러내리고 있는 따스한 기운이 몸과 마음을 편안하게 하고 있었다.

"와! 깨어났다!"

놀람과 기쁨이 가득한 목소리가 들려왔다.

주변 광경이 눈에 들어왔다.

지수와 유리 그리고 민석이까지 대한민국 혁명단의 모습이 보이는 가운데 총 대장인 제임스의 모습도 보이고 있었다.

제일 먼저 민석이의 목소리가 울려 퍼졌다.

"안심하세요! 이곳은 던전입니다!"

버블이 사라지고 한성의 몸이 바다에 쓸려가고 있을 때 헬기에서 뛰어내린 민석이는 한성을 구해 내었다.

곧바로 가까운 섬으로 대피한 이들은 미리 설치해 둔 아티팩트를 이용해 던전으로 돌아온 상황이었다.

한성은 주변을 살펴보았다.

모두의 걱정스러운 눈빛과 안도의 눈빛이 전해져 오고 있었다.

자신이 살아있음을 그 어느 때보다 절실하게 느끼는 순간이었다.

생존도에서 혁명단의 습격이 끝난 후 며칠이 지났다.

아직까지 세상은 혼란스러웠고 특히나 타 지역구의 부러움을 받고 있던 12 지역구는 가장 큰 위기를 맞고 있었다.

생존도에서 벌어진 사건은 빠르게 소문을 타고 퍼져 나갔고 불타 버린 컨트롤 타워는 절대 무너지지 않을 것 같았던 절대자의 권위에 큰 흠집을 내고 있었다.

계란으로 바위 치기라 생각하고 몇몇 눈치를 보던 길드 역시 하나 둘 씩 혁명단쪽으로 돌아서기 시작했고 점점 더 퍼져가는 소문은 언론의 통제로도 막을 수 없었다.

12 지역구의 대표인 사도 마승지의 죽음으로 또 한 번의 혼란이 가중 되었고 월드 던전의 코어는 여전히 혁명단에게 점령당한 상황이었다.

월드 던전 전체를 컨트롤 할 수 있는 코어가 점령당해버렸으니 던전의 수입은 크게 줄어들 수밖에 없었다.

던전에서 줄어드는 수입에 주식 시장은 장기 침체가 이어지고 있었고 국민들 역시 혁명단과 절대자를 지지하는 쪽으로 나누어지고 있었다.

마승지가 죽은 후 그의 자리는 포돌스키가 앉게 되었다.

대한민국의 관리자에서 12지역구 전체를 다스리는 사도로 새롭게 임명된 포돌스키는 굳은 표정으로 걷고 있었다.

생존도에서의 처참한 패배.

사도 마슨지가 죽은 것도 모자라 생존도의 관리 타워 까지 불타버리게 되었다.

자신에게 책임을 묻기는커녕 자신은 사도로 승진까지 되었지만 포돌스키는 이해할 수 없는 절대자의 행동에 굳은 표정을 감추지 못하고 있었다.

지금 포돌스키가 걷고 있는 곳은 천상계.

그것도 절대자가 있는 절대자의 탑 안이었다.

명색이 관리자 이었지만 포돌스키 역시 절대자를 직접 만난 적은 단 한 번도 없었다.

최상급 정수로 밖에 뚫을 수 없는 배리어에 보호되어 있는 절대자의 탑 안으로 들어갈 수 있는 자들은 사도 밖에 없었고 사도로 임명된 포돌스키는 처음으로 절대자의 탑에 발을 내딛고 있었다.

모든 것이 베일에 감추어져 있고 대중들에게도 빛의 형상으로 밖에 모습을 드러내지 않았던 절대자가 있는 이곳에서 사도들은 지령을 받고는 했다.

대게 한두 명씩 부름을 받고 개별적으로 오는 것이 일반적이었지만 오늘 만큼은 모든 사도들이 모이게 되었다.

단순히 자신이 사도로 임명된 일로 절대자가 있는 절대자의 탑에서 모든 사도들이 모일 일은 없었다.

사도들이 전체 다 모이게 되는 것은 처음 대혁명이 일어났을 때처럼 큰 사건이 터졌을 때였다.

즉 지금의 모임은 대혁명에 버금가는 커다란 사건이 벌어진다는 것을 의미했다.

문이 열리는 것과 동시에 커다란 원탁이 보이고 있었는데 열 두 개의 자리 중에 비어 있는 자리는 두 자리였다.

미리 대기하고 있던 열 명의 사도들이 말했다.

"어서 오시오."

"사도가 된 것을 축하하네."

"우리 중에 가장 어리군."

"절대자께서 강하게 믿어주시는 것 같군. 생존도에서 꼴사납게 달아났다고 들었지만 말이야. 후후후."

축하해 주는 시선과 시기 어린 시선, 그리고 무시하는 듯하는 시선이 교차 되고 있었다.

포돌스키는 담담히 인사를 했다.

"12지역구 사도로 임명된 포돌스키입니다. 잘 부탁드립니다."

비어 있는 자리에 앉은 포돌스키는 열 명의 사도들을 바라보았다.

대부분 얼굴은 알고 있었지만 실제 만난 것은 처음이었고 보이지 않게 서로 경쟁하는 모습이 느껴지고 있었다.

포돌스키는 비어 있는 한 자리로 시선을 돌렸다.

포돌스키의 의중을 읽었다는 듯이 누군가 말했다.

"이제 아케온 님만 오시면 모두 다 온 것이군."

"아케온 님은?"

"절대자님과 대면 중이시다 근래에 일어난 일들로 하실 말씀이 많으신 것 같다. 아! 저기 오시는 군."

모두의 시선이 계단에서 내려오고 있는 한 사내에게로 향했다.

종교 단체의 주교를 연상케 하는 옷을 입고 있는 사내가 천천히 내려오고 있었다.

아케온.

1지역구의 사도.

전형적인 마도사의 복장을 하고 있는 그는 12명의 사도들 중 가장 높은 위치에 있는 인물 이었다.

아케온이 모습을 보이자 전원 자리에서 일어나 두 손을 모으며 예를 취했다.

절대자를 제외하고 인간들 중에 전 세계 제 일의 위치에 있는 그는 사도들 중에 유일하게 절대자와 직접적인 대면을 할 수 있는 인물이었다.

"아! 모두 편하게 앉으시오."

포돌스키의 시선이 아케온이 내려온 계단으로 향했다.

아무런 경비도 없고 인기척이 들려오지도 않는 계단이었지만 저 위에 절대자가 있었다.

모두가 아케온을 향해 예를 취하고 있는 가운데 아케온은 포돌스키를 바라보며 말했다.

"사도가 된 것을 축하하네. 절대자께서 큰 기대를 가지고 계시더군. 자네를 중히 쓰라는 지시가 있었네. 이렇게 신임을 받다니 부러운 생각이 들더군."

자신을 칭찬 하는 말에도 불구하고 포돌스키가 말했다.

"이해가 가지 않습니다. 생존도에서 절대자님의 메시지가 없었다면 분명 혁명단을 소탕할 수 있었습니다. 아무리 마승지가 버리는 패였고 에솔릿이 성격에 문제가 있었다고 하더라도 일단 혁명단을 제거하는 것이 우선이었습니다."

생존도에서 살아온 후 포돌스키는 아무리 생각해도 절대자의 뜻을 이해할 수가 없었다.

사도로 갓 임명된 자신이 이런 말을 하는 것이 주제넘은 일일 수도 있었지만 포돌스키는 거침없이 말하고 있었다.

순간 정적이 흘렀다.

지금 눈앞에 보이지는 않고 있었지만 이들이 나누고 있는 대화는 그대로 절대자에게 전달되고 있을 지도 몰랐다.

포돌스키의 시선은 계단 쪽으로 향하고 있었다.

사실 지금 포돌스키는 눈앞에 있는 사도들이 아닌 절대자에게 말 하고 있는 것이었다.

곧바로 짧은 정적을 깨는 목소리가 들려왔다.

"말이 지나치군!"

"감히 절대자의 뜻이 틀렸다고 말하는 것이오!"

"그 분의 깊은 뜻을 어찌 감히 우리들이 알 수 있을 것인가!"

사방에서 자신을 비난하는 목소리가 들려오고 있었지만 포돌스키는 눈 하나 깜박하지 않고 있었다.

'틀렸다. 이 자들 역시 겁을 먹고 있다. 절대자에게 잘 보이려는 생각이 가득하고 권력자에게 아부하려고 하는 인간의 본성에서 벗어나지 못하고 있다. 사도라는 자들이 겨우 이 정도인가? 아니면 그만큼 절대자의 능력이 대단하다는 건가?'

포돌스키가 이런 생각을 하고 있을 때 한쪽에서 호탕한 웃음소리가 울려 퍼졌다.

"하하하! 과연 절대자께서 사람을 제대로 보셨군요! 모두가 아부하려 하고 있는데 이제 갓 사도가 된 자가 이런 말을 하다니 정말 대단하다고 생각됩니다. 그렇지 않습니까 아케온님?"

모두의 시선이 한쪽으로 향했다.

9지역구의 사도인 코이바시가 호탕하게 웃으며 말하고 있었다.

10지역구의 사도 이스마일이 거들었다.

"멘탈이 강합니다. 절대자께서 마승지를 버리고 올리신 것이 당연하다고 생각됩니다."

포돌스키의 시선은 이 둘에게 향했다.

사도들의 정확한 실력은 알지 못했지만 대충 어느 쪽으로 발달되어 있는지는 알 수 있었는데 코이바시는 전형적인 파이터 타입이었고 이스마일은 멘탈리스트였다.

'이 자는 인간의 정신을 꿰뚫어 볼 수 있다고 들었다. 정말인가?'

포돌스키가 이런 생각을 하는 순간 이스마일이 말했다.

"정신을 볼 수 있는 게 아니고 정신을 컨트롤 할 수 있습니다. 물론 상대의 정신력이 저 보다 강하면 할 수 없지만 말입니다."

마치 자신의 속마음을 읽는 다는 듯이 말하는 이스마일을 포돌스키가 바라보는 순간이었다.

아케온이 웃으며 말했다.

"하하! 나도 절대자께서 하신 행동은 알 수 없다네. 다만 분명한 것은 우리 모두를 위한 일이라는 사실은 분명하다는 것이네."

아케온은 절대자가 듣고 있는 것처럼 말하고 있었는데 곧이어 허공에는 절대자가 보낸 메시지가 펼쳐지고 있었다.

[시크릿 던전이 열린다.]

모두의 눈이 커졌다.

"시크릿 던전이라고요?"

민석이가 놀란 듯이 물었다.

생전 처음 듣는 던전에 민석이 뿐만 아니라 산도발, 제임스, 혼다 역시 놀란 표정을 감추지는 못하고 있었다.

한성은 고개를 끄덕이며 말했다.

"과거 국가 기관에서 일했을 때 입수했었던 정보다. 던전에는 일반던전, 월드던전 그리고 마지막으로 시크릿 던전이 있다. 시크릿 던전이 열리는 것은 일주일 후. 시크릿 던전의 보스는 초대형 최상급 정수를 준다. 보스를 잡는다면 절대자의 탑을 둘러싸고 있는 배리어를 제거할수 있는 양의 최상급 정수를 얻을 수 있다."

자신의 기억대로라면 곧 전 세계를 흔들 시크릿 던전이 열릴 시기가 가까워 왔다.

시크릿 던전은 말 그대로 비밀 던전으로 일정 시간 동안만 열리는 던전이었다.

비밀 던전은 다른 던전과는 다르게 입장 시 레벨에 제한이 없었고 들어가기는 상당히 쉬웠지만 나오기는 그 어떤 던전보다도 어려웠다.

비밀 던전에 출현하는 몬스터들은 상당한 레벨의 몬스터들 이었고 비밀 던전에서 얻을 수 있는 아이템 역시 월드 던전 수준 이상의 아이템을 얻을 수 있었다.

수많은 아이템들 중에 한성이 가장 필요로 하는 것은 최상급 정수.

과거 혁명단들이 절대자에게 도전을 하기에 너무나 오랜 시간이 걸린 이유가 최상급 정수를 쉽게 얻을 수 없다는 점에 있었다.

절대자가 있는 탑을 보호하고 있는 배리어를 제거하기 위해서는 반드시 상당량의 최상급 정수를 구해야만 했는데 최상급 정수는 구하기가 너무나 힘들었다.

거의 모든 병을 치료할 수 있는 능력을 가지고 있는 최상급 정수는 부르는 것이 값이나 마찬가지였으니 최상급 정수를 가장 빠르게 구할 수 있는 방법은 비밀 던전밖에 없었다.

물론 과거 비밀 던전은 관리자들이 독차지 했고 혁명단은 얼씬 조차 하지 못했지만 지금은 달랐다.

한성이 말했다.

"전 세계 던전 30층에서 비밀 던전으로 가는 포탈이 열린다. 비밀 던전이 열리는 것은 12시간뿐. 정해진 숫자만 들어갈 수 있다. 물론 아티팩트를 이용할 수는 없다. 다음 목표는 비밀 던전이다."

아직 나타나 본 적도 없는 던전에 대하여 거침없이 말하는 한성의 모습에 제시카는 믿을 수 없다는 듯이 제임스에게로 시선을 돌렸다.

의심의 눈을 가지고 있는 자는 제시카만이 아니었다.

주변에 있는 다른 혁명단들 역시 의아함과 의심의 시선으로 가득 차 있었다.

지금까지 수많은 던전을 탐험했지만 비밀 던전이라는 던전이 있다는 것은 처음 듣는 말이었다.

한성을 못 믿는 것은 아니지만 아직 한 번도 열린 적이 없는 던전을 이렇게 소상하게 알고 있다는 사실에 모두가 의아함을 감추지 못하고 있던 그 때였다.

묵묵히 듣고 있던 제임스가 말했다.

"인간의 절대자가 그렇다면 그런 거다."

❖

일주일 후.

지난 일주일 동안 한성은 자신이 알고 있는 지식을 모두 동원해서 비밀 던전에 대해 설명을 했고 모든 준비를 끝마친 상황이었다.

비밀 던전의 입구는 30층에서만 열리게 되었는데 각 던전에서 입장할 수 있는 정원은 불과 다섯 명 밖에 되지 않았다.

소규모 밖에 입장할 수 없는 던전의 특성상 혁명단은 밸런스와 실력을 고려해서 두 개의 그룹을 만들었는데 한성이 리딩을 하는 그룹은 일본 던전 30층에서 입장을 준비하고 있었다.

다른 한쪽은 산도발이 직접 리딩을 했는데 그의 그룹은 제니퍼, 제시카, 마갈리 등과 함께 미국 던전 30층에서 입장을 준비하고 있었다.

일본 던전에서 출발하는 그룹은 탱커 역할을 맡은 한성이 리더였고 지수, 민석, 그리고 혼다가 딜러 역할을 맡게 되었으며 마지막으로 유리가 힐러 역할을 맡게 되었다.

만반의 준비를 갖춘 채 포탈이 열리기만을 기다리고 있는 다섯 명의 혁명단은 텅 빈 허공을 바라보고 있었다.

한성 일행을 바라보는 혁명단은 아직까지도 한성의 말이 믿기 힘든 듯이 의아한 시선을 보내고 있었다.

아무것도 보이지 않고 있는 가운데 붉은 점 하나가 형성되기 시작했다.

"아! 저기! 열린다!"

하나의 작은 점은 곧바로 커지기 시작했으며 어느새 사람 몸이 들어갈 만한 포탈의 형상을 만들어 내고 있었다.

"오, 진짜 나왔어!"

"열렸다!"

지금 까지 한성의 말을 반신반의 하고 있던 이들은 갑작스럽게 나타난 포탈의 모습에 모두들 놀란 듯이 포탈과 한성을 번갈아 바라보고 있었다.

"도, 도대체 이자는!"

모두들 말을 하지는 않고 있었지만 한성의 예상이 적중했다는 사실에 놀라움을 감추지는 못하고 있었다.

모두의 시선은 아랑곳 하지 않은 채 한성은 담담히 말했다.

"열렸다. 모두 준비."

한성과 함께 만반의 준비를 갖추고 있던 민석이가 물었다.

"지금 들어갈 수 있는 겁니까?"

"아직. 조금 후 설명이 나온 후에 입장 가능하다. 입장 직후 내가 말해둔 것을 잊지 말도록!"

아직 입장은 가능하지 않다는 듯이 포탈은 붉은 색으로 불타듯이 타오르고 있었는데 던전에 있는 모든 플레이어들의 귀속으로 기계음이 울려 퍼지기 시작했다.

[빠바밤~ 비밀 던전이 열렸습니다! 비밀 던전에서 비밀스러운 아이템들을 획득하세요! 입장 조건과 던전의 규칙은 다음과 같습니다!]

곧바로 허공에는 글자가 보이기 시작했고 모두의 시선은 허공에 떠오른 글자로 향했다.

〈비밀 던전 시즌 1〉
1. 포탈을 통해 입장할 수 있는 정원은 5명입니다.

5명이라는 숫자는 상당히 적은 숫자였다.

이미 대략적인 설명을 듣기는 했지만 준비를 하고 있는 한성 일행을 바라보고 있는 혁명단의 얼굴에는 불안감이 가득했다.

'예상대로 5명이다. 뭐가 나올지도 모르는 던전을 고작 다섯 명에서?'

곧바로 허공에는 또 다른 설명들이 나오기 시작했다.

2. 비밀 던전이 열리는 시간은 12시간입니다. 12시간이 지나면 입장한 던전으로 자동 이동됩니다. 비밀 던전에 입장을 하시면 종료 될 때 까지 중간에 나올 수는 없습니다. 물론 아티팩트 역시 사용할 수는 없습니다.

  아무것도 모르는 상황에서 중간에 나올 수 없다는 말은 더욱더 불안감을 가중 시키는 말 이었다. 한마디로 던전에서 죽지 않는다면 12시간을 버티는 수밖에 없었다.

  3. 비밀 던전에서는 상당히 귀중한 아이템들을 획득하실 수 있습니다. 다만 그 만큼 출현하는 몬스터의 난이도가 높고 위험이 높습니다. 자세한 사항은 입장 후 도우미에게 들으실 수 있습니다.

  모두들 불안해하는 시선이 가득했지만 정작 한성과 같이 하고 있는 대원들은 조금도 두려운 기색을 보이지 않고 있었다.
  모든 설명들은 한성이 말한 그대로였다.
  한성과 함께하고 있는 대원 중 유일한 일본인인 혼다는 생각했다.
  '인간의 절대자라는 말이 결코 지나치지 않군. 실력뿐만 아니라 동료들에게 믿음도 상당하다.'
  현재 전 세계에 30층 이상의 던전을 뚫은 나라는 열 개의 나라뿐.

이중 혁명단이 점령하고 있는 30층은 미국과 일본 두 개의 던전 이었다.

즉 혁명단은 이번 비밀 던전에 총 10명을 투입하는 것이 가능했고 관리자 쪽에서는 총 40명이 투입되는 것이 가능했다.

모든 설명이 끝나고 포탈의 색깔이 바뀌기 시작했다.

한성은 굳은 표정으로 열리고 있는 포탈을 바라보았다.

회귀 전 비밀 던전은 3 개월에 한 번씩 열리게 되었는데 처음 들어간 자들 중 살아 돌아온 자는 단 한명도 없었다.

비밀 던전이 완전히 공략이 된 것은 몇 년이나 지난 후이었는데 한성은 이미 모든 공략 법을 기억하고 있는 상황이었다.

물론 모든 내용을 기억한다고 해서 안전을 보장할 수 있는 것은 아니었다.

'위험은 있다. 하지만 충분히 위험을 걸 만한 모험이다. 중요한 것은 시간!'

굳은 표정을 짓고 있던 한성이 움직이며 입을 열었다.

"입장한다."

제일 먼저 한성이 포탈로 입장했고 뒤를 이어 지수, 민석, 유리, 그리고 혼다가 뒤를 따랐다.

❖

혁명단이 주저 없이 입장을 한 것과는 반대로 비밀 던전이 등장했지만 관리자들은 당황해 하고 있었다.

그도 그럴 것이 난생 처음 보는 포탈에 들어갈 용기를 가지고 있는 자들은 없었다.

절대자는 사도들에게 비밀 던전의 출현을 알렸지만 그 사실은 일반 관리자들 까지 전달되어지지 않고 있었다.

미리 준비를 해서 입장을 하고 있는 혁명단과는 다르게 포탈 주변으로는 출입이 통제되어지고 있었다.

사도들의 대장격인 아케온이 눈앞에서 열리고 있는 포탈을 바라보며 말했다.

"절대자께서 말씀해 주시기는 했지만 직접 눈으로 보고도 믿을 수 없군."

사도 중 한명인 디랜드가 아케온에게 말했다.

"그럼 출발하겠습니다."

"행운을 빌겠소."

아케온에게 인사를 한 디랜드는 부하 네 명을 이끌고 포탈 속으로 입장하기 시작했다.

디랜드가 포탈 안으로 사라지자 코이바시가 놀란 듯이 고개를 흔들며 말했다.

"어떻게 우리도 모르는 던전이 있단 말이지? 한 동안 던전은 더 이상 진보하지 못할 거라 생각했거늘. 정말 던전은 끝이 없단 말인가!"

이스마일이 말했다.

"그보다 지금 사도들이 입장하는 모습이 더 놀랍군요."

관리자쪽에서 비밀던전에 입장하는 자들은 탐색조가 아니었다.

놀랍게도 지금 처음으로 입장하는 자들은 바로 사도들이었다.

아케온은 냉소를 머금으며 중얼거렸다.

"벌 받으러 가는 학생들처럼 보이는 군."

절대자는 자신이 지정한 8명의 사도들로 하여금 직접 비밀 던전으로 들어가게 했다.

사도들의 총 리더 아케온과 포돌스키, 이스마일, 그리고 코이바시를 제외한 모든 사도들이 비밀 던전에 입장하라는 지시를 내렸는데 탐색조가 해야 할 임무가 사도에게 내려졌다는 것은 큰 충격이 아닐 수 없었다.

물론 절대적인 절대자의 말을 거절 할 수 있는 권한은 사도들에게는 없었다.

어쩔 수 없이 비밀 던전 안으로 입장하고 있는 사도들은 하나 같이 상당히 못 마땅한 얼굴이 가득했는데 사도들의 모습이 사라지자 아케온이 냉소를 머금으며 말했다.

"이상한 점을 느끼지 못했는가?"

코이바시는 무슨 뜻인지 모르겠다는 표정을 지었는데 이스마일이 답했다.

"절대자께서 사도들을 물갈이 하시는 것 같군요. 미끼 또는 제물로 사용하는 것 같습니다."

이스마일의 말에 포돌스키와 코이바시는 깜짝 놀랐다.

사도라 하는 높은 직위에 있는 자들을 일개 병사도 사용하지 않는 미끼나 제물로 사용한다는 말은 믿어지지 않는 말이었다.

코이바시가 믿기지 않는다는 듯이 물었다.

"그, 그게 무슨 소린가?"

이스마일은 담담히 말했다.

"저들은 우리들 중 모든 면에서 가장 떨어지는 자들입니다. 절대자에게 아부하기를 좋아하고 자신의 권력만을 쥐려 하는 자들이지요. 절대자께서는 결코 모르시지 않습니다."

아케온이 말했다.

"그렇다. 이건 저들에게는 어찌 보면 테스트. 우리에게는 언제든지 버릴 수 있다는 절대자님의 경고다. 모두들 명심하도록! 그럼 이제 각자의 위치로 돌아가 누가 살아 돌아올지 기다리도록 한다. 비밀던전에서 어떤 일이 벌어지는지 지켜보도록 하지."

말을 마친 아케온은 더 이상 할 말이 없다는 듯이 사라져 갔다.

아케온이 사라지자 코이바시 역시 자신의 위치로 돌아갔고 남게 된 자는 포돌스키와 이스마일 밖에 없었다.

포돌스키가 떠나가려는 순간 이스마일이 말했다.

"그나저나 HNPC의 계획을 추진하는 것은 이제 백지화 되겠군요. 절반이 NPC인 상황에서 멘탈이 공격당하면 끝나버린다는 약점이 퍼졌으니 저항군에게 HNPC는 더 이상 사용하지 못할 것 같습니다. 오랜 시간 공을 들였는데 이렇게 허무하게 되다니 참 안타깝군요."

에솔릿이 멘탈 공격으로 봉쇄당하고 죽었다는 사실은 이미 다 보고 되어 있었다.

이미 혁명단 사이에서도 멘탈 공격으로 HNPC를 잡을 수 있다는 소문은 퍼져 있었고 이건 HNPC에게는 치명적인 약점이었다.

멘탈리스트답게 이스마일은 정신에 대해 말하고 있었는데 포돌스키가 답했다.

"아뇨! 아직 실험해 볼 것이 있습니다."

무언가 생각해 둔 것이 있다는 듯이 굳은 표정을 지은 포돌스키의 몸은 곧바로 사라졌다.

❖

얼마 후.

다른 사도들이 자신의 위치로 돌아간 것 과 다르게 포돌스키는 생존도로 돌아와 있었다.

이미 폐허가 되어 버린 세이프 존 A지역의 끝을 따라 포돌스키는 걷기 시작했다.

원래 HNPC라는 최종 병기 프로젝트를 고안한 인물 중의 한명이 포돌스키였다.

오랜 실패 끝에 만들어낸 에솔릿이 죽었다는 것에 포돌스키는 자존심이 상해 있었는데 아직 그는 포기하지 않고 있었다.

포돌스키를 본 병사가 말했다.

"발견했습니다! 지금 해안가로 끌어 올리고 있습니다!"

포돌스키의 시선이 해안가로 향했다.

"영차! 영차!"

수십 명의 병사들은 굵은 밧줄로 연결된 무거운 물체를 바다로부터 끌어 올리고 있었는데 지금 이들이 끌어내고 있는 것은 바로 에솔릿의 시체였다.

거대 지네의 시체가 가까이 오자 병사들의 얼굴이 찌푸려졌다.

"우우욱!"

"우왁! 냄새!"

썩은 냄새가 진동하고 병사들은 왜 힘들게 에솔릿의 시체를 끌어올리는 지 알 수 없다는 표정이 역력했다.

거대한 지네 몸통은 한성의 검에 갈라져 있는 상태였고 턱과 얼굴 부분은 완전히 파손이 된 상황이었다.

모두가 HNPC는 실패라고 생각하고 있었지만 포돌스키는 다르게 생각하고 있었다.

'HNPC가 문제가 아니야. 정신력이 약한 에솔릿이 문제

였던 거지. 오히려 정신력이 강한 자라면 HNPC의 단점이 보완이 된다.'

무언가를 구상했다는 듯이 포돌스키의 눈빛은 빛나고 있었다.

곧바로 포돌스키는 에솔릿에게 다가갔다.

썩은 내가 물씬 풍겨왔지만 포돌스키는 아랑곳 하지 않는다는 듯이 에솔릿의 갈라진 가슴 부위로 손을 집어넣었다.

"히익!"

포돌스키의 돌발행동에 병사들이 놀란 표정을 짓고 있던 그 때였다.

더 놀랄 일이 벌어졌다.

입을 벌린 병사들은 입을 다물 생각조차 하지 못하고 있었다.

마치 거대한 보석이 빛을 내듯이 포돌스키는 에솔릿의 심장을 꺼내 들어 보이고 있었다.

전형적인 HNPC 피의 색깔인 푸른빛이 아닌 인간의 피가 흐른다는 듯이 붉은 피가 뚝뚝 떨어지고 있는 심장은 살아 있다는 듯이 꿈틀 거리고 있었다.

아무도 없는 작은 방에 한성은 모습을 드러냈다.

포탈에 입장한 순서대로 한성의 그룹은 모습을 드러냈고 마지막으로 혼다가 입장하자 형광등을 킨 것처럼 주변에 환하게 불이 들어왔다.

주변은 현대식 건물 안처럼 보이고 있었는데 곧바로 기계음이 들려왔다.

[비밀 던전 입장하셨습니다! 11시간 59분 58초 남았습니다.]

벌써부터 카운트다운은 시작되고 있었다.

한성은 주변을 돌아보았다.

과거와 똑같은 모습의 출발점이 보이고 있었다.

10M 정도 될 공간은 직사각형 모양의 방이었는데 바깥쪽으로는 회색 배리어가 출구를 가리고 있었다.

분명 던전의 시간이 흘러가고 있음에도 불구하고 밖의 환경을 전혀 보여주지 않는다는 듯이 외부의 환경은 전혀 보이지 않고 있었는데 처음 온 자라면 실내는 배리어에 의해 사방이 완전히 막혀 있는 것처럼 보이고 있었다.

민석이가 주변을 두리번 거리고 있던 그때였다.

허공에는 요정 모양의 도우미가 모습을 드러냈다.

어린 아이 같은 얼굴의 도우미는 환하게 웃으며 말했다.

[비밀 던전에 온 걸 환영해. 지금부터 설명을……]

도우미의 말이 끝나기도 전에 한성은 몸을 움직였다.

"간다!"

생전 처음 와 본 던전에서 도우미는 고급 정보를 얻을 수 있는 유일한 수단이었지만 한성 일행은 철저하게 도우미를 무시하고 있었다.

한성의 말에 미리 계획을 들었던 혁명단들은 재빨리 배리어를 향해 움직이기 시작했다.

도우미의 얼굴이 일그러지며 다급한 목소리가 울려 퍼졌다.

[이봐! 이봐! 설명 들어!]

도우미의 외침에도 불구하고 한성은 오히려 더 속도를 높이고 있었다.

익숙한 게임에서처럼 이미 알고 있는 사실을 듣는 데에 시간을 낭비할 필요는 없었다.

'시간! 가장 중요하다!'

비밀 던전은 도우미부터가 함정의 시작이었다.

비밀 던전의 도우미는 다른 던전에서 출현한 도우미와는 다르게 일체의 쓸 만한 정보도 주지 않았다.

철저하게 시간을 끄는 용도로 세팅이 되어 있었는데 이 사실을 알고 있는 한성은 미리 혁명단원들에게 설명을 해주었고 도우미의 설명이 시작도 되기 전에 혁명단은 철저히 무시하며 도우미를 지나쳐 가고 있었다.

비밀 던전의 핵심은 시간이었다.

정해진 12시간 이내에 보스 몬스터를 잡고 정수를 획득하는 것이 핵심 이었는데 시간은 결코 넉넉하지 않았다.

특히나 마지막 보스 몬스터는 죽은 후 끊임없이 최상급 정수를 흘러 내렸는데 정수를 흘러내리는 속도가 극악의 속도였다.

즉 최상급 정수를 최대한 도로 많이 가져가려면 빠르게 하는 것이 우선이었다.

한성은 생각했다.

'분명 관리자들도 올 것이 분명하다. 물론 처음 온 자들이 우리보다 빠르게 갈 수는 없을 테지만 결국 공략이 되어 있는 비밀 던전은 시간 싸움이다!'

이 기회를 놓친다면 또 다시 3개월이라는 시간을 기다려야 했고 관리자들의 방해는 더 심해질 것이 분명했다.

순식간에 한성은 배리어를 향해 달려가고 있었다.

절대자의 타워를 보호하고 있는 배리어처럼 보였지만 한성은 아무런 스킬도 없이 그대로 달려 나가고 있었다.

"그대로 돌진!"

혁명단이 방 밖으로 나가는 순간 배리어는 사라지고 있었다.

처음에 온 자들은 대부분 도우미의 설명이 끝나기 전 까지 배리어가 열리지 않을 것이라 생각했는데 배리어는 몸에 닿는 순간 스스로 사라지고 있었다.

도우미의 시선이 혁명단에게로 향했다.

[무식한 놈들아! 설명 안 듣고 가면 죽어!]

도우미는 자신의 임무를 달성하지 못했다는 것이 분한

듯이 외쳤지만 이미 한성 일행은 배리어 밖으로 나간 상황이었다.

도우미의 외치는 소리가 점점 더 멀어지는 가운데 한성이 외쳤다.

"준비!"

배리어가 걷히고 넓디넓은 평야가 눈에 들어오고 있었다.

미리 한성에게 주의를 들었지만 아름답게 보이는 평야는 자동적으로 시선을 끌고 있었고 한성 일행이 처음으로 대지에 발을 내딛는 순간이었다.

"뛰어!"

촤아아앗!

미리 연습한 것처럼 한성이 뛰어 오른 것과 동시에 다른 네 명 역시 도약 스킬을 사용해서 허공으로 뛰어 올랐다.

다섯 명이 동시에 뛰는 순간이었다.

지상이 꺼지기 시작했다.

촤아아아앗! 촤아아앗! 촤아아앗!

지상이 꺼진 것과 동시에 지상에서는 수십 개의 창들이 하늘을 향해 뻗어 나오고 있었다.

'도우미에 이은 첫 번째 함정!'

시작과 동시에 나온 함정이었다.

일반적으로 생전 처음 보는 낯선 광경에 헌터들의 시선이 팔려 있기 마련이었으니 처음 온 헌터들은 대부분 시작과 동시에 죽음을 맞이하게 되었다.

함정에서 튀어 올라온 창들은 한성이 예상을 한 높이까지 치솟아 올랐고 창을 뛰어 넘은 한성 일행이 착지하는 순간이었다.

한성이 외쳤다.

"나온다!"

3M는 될 듯한 거대 황소가 달려오고 있었다.

"우워어어어어!"

두 개의 거대한 뿔을 앞세우고 달려오는 황소의 모습에 놀랄 법도 했지만 한성에게 미리 정보를 듣고 있던 이들의 걸음은 전혀 머뭇거림이 없었다.

한성을 선두로 혁명단은 미리 손을 맞춘 대로 행동하기 시작했다.

황소가 달려오고 있는 가운데 한성의 손이 빛났다.

〈다이아몬드 마나 쉴드〉

설명: 10초 동안 다이아몬드 마나 방패를 만듭니다. 다이아몬드 쉴드는 어떠한 물리 공격도 막아낼 수 있습니다. 자동으로 타겟팅한 몬스터에게 도발을 사용합니다. 쿨 타임 10시간.

특징: NPC의 공격에게만 적용됩니다. 10초 후에는 자동 소멸 됩니다.

가상으로 이미 연습까지 해 본 상황이었다.

파아아아앗!

한성의 스킬을 발산 시키자 빛이 번쩍이며 다이아몬드 쉴드가 한성의 손에 나타났다.

한성이 다이아몬드 쉴드를 만들어 내는 순간 유리의 스태프가 빛을 번쩍였다.

'홀딩!'

상대를 제 자리에 묶을 때 사용하는 홀딩 스킬이 한성의 다리를 휘감으며 제 자리에 고정을 시켰다.

과거 산도발이 전투 코끼리를 상대할 때 사용한 스킬로 다이아몬드 쉴드를 쥔 한성의 몸은 제 자리에 고정되었다.

콰콰광!

달려오던 황소는 그대로 다이아몬드 쉴드를 들이박았고 마치 벽에 부딪친 것처럼 황소의 몸은 그대로 주저앉아 버리고 말았다.

이 기회를 놓칠 혁명단이 아니었다.

촤아아아앗!

허공으로 뛰어 오른 지수의 활에서 불이 뿜어져 나왔고 혼다의 창과 민석이의 창이 동시에 양 방향에서 황소의 두꺼운 가죽을 찢었다.

우어어어어어!

황소가 고통스러운 울부짖음을 내뱉는 순간이었다.

촤아아아앗!

한성의 검을 곧바로 황소의 약점 부위인 이마를 향해 찔러 들어갔다.

정확한 일격에 약점부위가 명중되자 황소는 그대로 제자리에 주저앉아 쓰러져 버리고 말았다.

황소가 빛을 내며 사라져간 순간이었다.

노란색 아이템 여러 개가 튀어 나오는 것이 보이고 있었다.

〈비밀 던전 아이템: 황소의 뿔〉
설명: 비밀 던전에서만 드랍되는 아이템. 같은 뿔을 들고 있는 자와는 비밀 던전 안에서 통신을 할 수 있음. 비밀 던전이 종료되면 아이템은 자동 소멸.

황소의 뿔은 일종의 통신 기기와 같았다.

뿔을 가지고 있는 자들은 아무리 멀리 떨어져도 서로 통신을 할 수 있었고 비밀 던전에서는 꼭 필요한 아이템 이었다.

한성은 황소의 뿔을 하나씩 던져 주었다.

"하나씩 잡아!"

하나씩 뿔을 던져 준 한성은 곧바로 가죽으로 만들어진 수통을 인벤토리 안에 집어넣었다.

수통은 물을 담을 수 있는 두 뼘 크기의 작은 수통이었는데 안은 비어 있었다.

〈비밀 던전 아이템: 황소의 가죽 수통〉

설명: 생각 보다 많은 양의 물을 담을 수 있습니다.

지금 이 수통은 최종 보스를 잡은 후에 얻을 최상급 정수를 담을 용기였다.

얼핏 사이즈만 보면 얼마 많지 않은 양 밖에 수용할 수 없는 것처럼 보였는데 마법 스킬이 붙어 있는 이 수통은 무제한에 가까운 양을 담을 수 있었다.

사실 비밀 던전 입장 후 처음 나온 황소 몬스터는 말 그대로 비밀 던전에 필요한 아이템을 제공해 주는 몬스터 이었다.

혁명단들은 한성이 건네준 아이템들을 인벤토리 안에 넣고 있었고 혼다는 놀람을 감출 수 없었다.

'함정과 몬스터 그리고 드랍되는 아이템까지 정확하게 알고 있다. 이자는 진짜 미래에서 온 자인가?'

지금 까지 한성이 말한 것 과 칼 같이 일치하고 있었다.

아무리 관리자에게서 정보를 빼내었다 하더라도 실전에서 오래 경험해 보지 않는다면 결코 알 수 없을 내용을 알고 있는 한성에게 혼다는 놀라고 있었는데 한성은 아랑곳 없이 곧바로 속도를 높이기 시작했다.

"속공을 3으로. 설명한 곳까지 속공 3을 유지한다."

한성의 지시는 절대적 이었다.

생전 처음 와 보는 장소라고 믿어지지 않을 만큼 한성 일행은 빠르게 질주하고 있었다.

지도도 없는 상황에서 생전 처음 와 보는 곳 이었지만 혁명단은 속공을 최대한 도로 끌어 올리며 달려가고 있었다.

어느 정도 시간이 흐르자 첫 번째로 왼쪽으로 꺾이는 길이 나타났다.

이미 지도 역시 한성이 그려주었던 탓에 이들에게 멈칫거림이라고는 없었다.

두 갈래의 길에서 한성은 거침없이 왼쪽으로 움직이기 시작했다.

"내가 말한 대로 행동하도록!"

곧바로 한성은 일행에서 떨어져 나갔고 혁명단원은 곧장 앞으로 달려가기 시작했다.

일행과 헤어져 혼자 가는 한성을 바라보고 있는 민석이에게 혼다가 물었다.

"믿지 못하는가?"

민석이가 웃어 보이며 답했다.

"설마요."

NEO MODERN FANTASY STORY

3. 일인 무쌍.

회귀의 절대자

## 3. 일인 무쌍.

일행과 떨어진 한성은 서둘러 다른 입구 쪽으로 달려가고 있었다.

지금 한성은 홀로 관리자들을 상대할 생각 이었다.

'우리 쪽은 10명, 상대방은 40명이다.'

비밀 던전이 열렸으니 관리자 쪽에서도 탐색조를 보낼 것이 분명했다.

수적으로는 불리했지만 일단 유리한 쪽은 한성 쪽 이었다.

탐색조가 도착했다 하더라도 비밀 던전의 내용을 쉽게 알지 못할 테니 자신 만큼 빠르게 움직일 수는 없을 거라 생각했지만 만에 하나라도 이들에게 방해를 받는다면 치명적인 일이 아닐 수 없었다.

비밀 던전의 보스 몬스터는 크게 어렵지는 않았지만 시간이 너무 오래 걸렸다.

최상급 정수를 얻기 위해서는 어쩔 수 없었지만 만일에 하나 보스 몬스터와의 대결에서 기습을 당한다면 치명적인 일이 아닐 수 없었다.

그 탓에 한성은 관리자들을 모두 다 제압한 이후 보스 몬스터에 집중을 할 생각이었다.

비밀 던전에 입장할 수 있는 자들의 숫자는 각 던전 30층 마다 5명밖에 없었으니 40명만 제압하면 아무런 걱정 없이 보스 몬스터에 집중을 할 수 있었다.

이미 모든 출발 지역은 한성의 머릿속에 그려져 있었다.

시작하기 전에 한성은 산도발 일행에게 비밀 던전안의 모든 출발 지역을 알려주었고 지수와 혼다가 길을 뚫고 있는 사이에 자신과 산도발 그룹은 관리자들을 기습할 계획을 꾸며 놓은 상황이었다.

관리자의 여덟 그룹 중 산도발 일행이 다섯 그룹을 상대하기로 했고 한성이 나머지 세 그룹을 상대 할 예정이었다.

빠르게 달려가고 있던 한성은 걸음을 멈추었다.

한성의 눈에 또 다른 출입 지점이 보이기 시작했다.

이곳으로 들어온 관리자들은 아직 도우미의 설명을 듣고 있다는 듯이 배리어는 사라지지 않은 상황이었다.

수풀 속으로 몸을 감춘 한성은 어느 정도 거리를 두고 창을 움켜쥐었다.

어떤 관리자가 올지는 알 수 없었지만 과거의 경험대로라면 분명 탐색조가 올 것이 분명했다.

분명 자신이 움직일 필요도 없이 비밀 던전 함정에 죽을 확률이 컸지만 만일에 사태에 대비 한다는 듯이 한성은 배리어가 걷히기를 기다리고 있었다.

한성이 수풀 속에서 몸을 숨긴 채 대기하고 있던 그때였다.

배리어가 사라지며 다섯 명의 사람들이 주위를 두리번거리며 나오고 있었다.

앞쪽의 네 명은 전형적인 탐색조의 복장을 하고 있었는데 뒤쪽의 한명은 다소 이색적인 복장을 하고 있었다.

한성이 숨을 죽이고 바라보고 있던 그 때였다.

관리자들이 한발 앞으로 내 딛는 순간 한성이 나왔던 때와 똑같은 함정이 실행되고 있었다.

탐색원의 발이 땅 밑으로 꺼지는 순간 비명이 튀어 나왔다.

"우와아앗!"

"함정이다!

촤아아아앗!

다섯 명 모두 다 피할 새도 없이 그대로 함정에서 튀어 나온 창에 명중되고 있었다.

함정에서 솟구친 창에 네 명의 병사는 그대로 찔려 죽었지만 리더로 보이는 사내만큼은 몸에서 쉴드가 번쩍이고 있었다.

챙!

사내 역시 쉴드를 피하지는 못하고 있었지만 다른 병사들과는 다르게 면역 쉴드는 사내의 몸을 보호해 주고 있었다.

면역 쉴드를 확인한 한성의 눈썹이 꿈틀거렸다.

'면역 쉴드?'

무언가 예기치 못한 일이 벌어지고 있었다.

탐색조에 속한 자가 면역 쉴드를 가지고 있다는 것은 상상조차 할 수 없는 일이었다.

던전이 처음 열렸을 때는 탐색조를 보내는 것이 일반적이었는데 의외로 탐색조 치고는 상당한 실력자가 보이고 있었다.

무언가 잘못되었다는 생각을 할 겨를도 없었다.

한성은 그대로 들고 있던 창을 던졌다.

좌아아아앗!

갑작스럽게 눈 앞에서 부하들이 죽고 비밀 던전의 함정에 사내는 아직 한성을 눈치 채지 못하고 있었다.

"오옷!"

한성이 던진 창이 날아오는 것은 보았지만 피할 여유는 없었다.

챙!

한성이 집어 던진 창에 명중된 사내가 튕겨 나가는 순간이었다.

갑작스러운 함정에 이어 전혀 예상치 못한 기습이 이어졌으니 아무리 사도라 하더라도 당해낼 순 없었다.

"어엇?"

사내의 몸이 튕겨 나가기는 했지만 집어던진 창 역시 면역 쉴드에 튕겨 나가는 것이 보이고 있었다.

면역 쉴드가 있다는 사실 하나 만으로 이 사내의 실력이 범상치 않다는 것은 알 수 있었다.

면역 쉴드를 한번 차감한 창은 그대로 떨어져 버렸는데 지금 집어던진 창은 시선을 끌기 위한 공격 이었다.

사내가 창이 날아온 방향을 바라보는 순간이었다.

이미 한성의 몸은 창을 던진 쪽과 반대편으로 움직인 상황이었다.

좌르르르릇!

"우웃!"

빈 공간을 바라보는 순간 어느새 늘어난 사슬이 자신의 목을 휘감고 있었다.

사내는 본능적으로 손을 들어 올리려 했지만 양 손 역시 사슬이 봉쇄하고 있었다.

뱀처럼 늘어난 사슬 중 세 줄은 자신의 목을 붙잡고 있었고 나머지 세 줄은 팔을 봉쇄하고 있었다.

한성은 사내의 실력이 범상치 않다는 것을 알고 목뿐만 아니라 팔 까지 동시에 공격을 하고 있었다.

사내의 입에서 고통스러운 비명이 새어 나왔다.

"우우욱!"

한성이 끝났다고 생각하던 그 때였다.

순간적으로 사내의 몸에서 스킬이 발산 되며 사내의 힘이 솟구쳐 오르는 것이 보였다.

두두두둑!

사내의 팔을 묶고 있었던 사슬이 힘을 감당하지 못하고 풀려지고 있었다.

이 정도의 힘은 결코 일반 병사가 낼 수 있는 힘이 아니었다.

자신도 가지고 있는 스킬이었다.

'체력 증폭 스킬이다!'

예상보다 강한 힘이 느껴지는 것과 동시에 쇠사슬을 붙잡고 있는 사내의 팔목에 채워져 있는 팔찌가 보이고 있었다.

전갈 문양이 새겨진 팔찌를 보는 순간 한성의 눈이 커졌다.

'설마?'

12명의 사도들은 별자리의 모양을 따라 만든 팔찌를 착용하고 있었는데 지금 눈앞의 사내는 전갈 모양의 팔찌가 채워져 있었다.

"크어어어어억!"

사내가 두 손으로 목을 감싸고 있는 사슬을 풀려 애쓰는 순간이었다.

촤아아아앗!

한성의 몸에서 빛이 발산 되었다.

'체력 증폭!'

상대가 사용한 스킬과 똑같은 스킬을 발산하는 순간이었다.

순간적으로 느슨해지고 있었던 사슬은 다시 조여졌고 한성은 재빨리 몸의 체중을 싣는 것과 동시에 사내의 몸을 바위 쪽으로 패대기쳤다.

마치 장난감을 내팽겨 치듯이 한성의 증폭된 힘에 의해 사내는 그대도 바위에 명중되고 있었다.

콰과과광!

얼마나 강하게 내리 찍었는지 사방으로 바위가 튀었다.

다만 박살난 쪽은 사내의 몸이 아니라 바위였다.

사슬에 묶인 채로 사내의 몸은 바위에 명중되었지만 바위는 산산조각 나고 있었다.

"으으윽!"

면역 쉴드에 의해 직접 적인 즉사는 피했지만 충격은 그대로 전해지고 있었다.

아직 한성의 모습을 제대로 보지도 못한 상황에서 충격에 주변이 흔들려 보이고 있었다.

느슨해지고 있던 사슬은 곧바로 사내의 목을 조여 버렸고 사내의 뒤틀린 비명이 새어 나왔다.

"케에에엑!"

얼마나 많은 면역 쉴드가 있을지 알 수 없는 상황에서 한성은 목을 조이는 쪽을 선택했다.

아무리 물리 공격을 무력화 시키는 면역 쉴드가 있다 하더라도 목이 조여 오는 것을 막을 수는 없었다.

"크크으으윽!"

입에 거품을 문 채로 바둥거리고 있던 사내의 몸은 축 쳐져 버렸다.

사도를 제압했다는 사실에 기뻐할 새도 없었다.

한성은 사내에게 다가가 그의 손목을 살펴보았다.

분명 사내의 손목에 차여져 있는 팔찌는 사도의 팔찌였다.

'사도가 출현했다!'

한성은 서둘러 움직이기 시작했다.

일반적인 탐색조만 왔다면 자신 혼자서도 충분히 상대해 낼 수 있었을 테지만 사도들이 왔다면 달랐다.

'산도발 그룹은 사도가 온 것을 모른다!'

사도가 한명 나타났다는 것은 또 다른 사도들이 나타났다는 것을 의미할 지도 몰랐다.

산도발 일행의 실력을 못 믿는 것은 아니지만 만일 모든 사도들이 왔다면 큰 문제가 생기지 않을 수 없었다.

지금 상황에서는 산도발 일행과 연락을 취할 방법이 없었다.

한성은 곧바로 다음 시작 지점으로 달려가기 시작했다.

❖

 한성이 다음 출입구 쪽으로 이동하던 그 시각.

 비밀 던전 도우미 방에 입장을 한 사도 디랜드는 기분이 나쁜 상황이었다.

 명색이 사도 라는 자신이 탐색조나 할 던전 탐험에 왔다는 것 자체가 상당히 못 마땅한 상황이었다.

 눈앞에서 요정 도우미가 설명을 하고 있었지만 진지하게 듣고 있는 자들은 네 명의 탐색 조원들 뿐이었고 디랜드는 팔짱을 낀 채로 생각에 잠겨 있었다.

 '아무리 절대자라 하더라도 이건 이해할 수 없는 행동이다. 도대체 우리 보고 무엇을 하라는 건가? 혁명단의 일을 제대로 처리하지 못한 것에 대한 처벌 이란 말인가? 아니면 소문처럼 새롭게 사도들을 배치하겠다는 생각인가?'

 도우미의 재잘거리는 목소리가 거슬리게 들려왔다.

 [그래서 던전은 항상 앞뒤를 조심하고 다녀야 한다는 말입니다.]

 눈앞의 도우미는 몇 십분 째 쓸데없는 얘기만 중얼거리고 있었다.

 전혀 도움이 되지 않은 이야기가 이어지고 있는 가운데 디랜드의 시선이 방안 곳곳을 살피기 시작했다.

 도우미가 있는 방 안에는 일체의 가구나 물체가 없었는데 유일하게 있는 것은 시계 뿐이었다.

12시간의 타임 제한이 있는 가운데 시간은 빠르게 줄어들고 있었다.

아직 시작도 하지 못했는데 시간이 줄어들고 있는 것을 본 순간 문득 디랜드의 머리에 스치고 지나가는 생각이 떠올라왔다.

'아직 본격적인 시작도 하지 않았는데 시간은 흘러간다. 이건 이미 시작했다는 힌트인가? 설마 테스트? 아케온, 포돌스키, 이스마일, 코이바시를 제외한 나머지들은 테스트를 받는 건가?'

어쩌면 절대자는 자신들을 테스트 하고 있는 지도 몰랐다.

곧바로 디랜드의 시선이 도우미에게 향했다.

입안 가득 함박웃음을 짓고 있는 도우미는 여전히 쓸데없는 말만 늘어놓고 있었다.

기다리다가는 도저히 끝날 것 같지 않은 상황에서 디랜드는 깨닫는 것이 있었다.

'속았군.'

절대자의 행동을 생각하느라 의식하지 못하고 있었지만 지금 도우미는 시간을 끌기 위한 함정이 분명했다.

곧바로 디랜드는 손가락 하나를 도우미에게 겨냥했다.

파아앗!

디랜드의 손가락에서 빛이 번쩍이는 순간 도우미의 이마에는 구멍이 뚫려 버렸다.

"허억!'

갑작스러운 디랜드의 행동에 놀란 쪽은 도우미가 아니라 병사들이었다.

"아앗! 웃는다!"

이마가 뚫렸지만 도우미는 오히려 웃으며 말했다.

[킥킥킥! 바보! 바보! 속았다! 45분이나 소모되었음!]

도우미의 조롱 섞인 목소리에 디랜드 앞에 있던 병사들은 멍한 표정을 짓고 있었고 디랜드가 불편한 표정을 지으며 말했다.

"서둘러라!"

디랜드의 지시에 병사들은 서둘러 달려 나가기 시작했고 배리어가 자동을 걷히는 순간이었다.

가장 뒤쪽에서 따라가고 있던 디랜드는 걸음을 멈추었다.

'함정이 있을지 모른다!'

도우미 부터가 함정이었으니 시작부터 함정이 있을 거라는 생각은 지울 수 없었다.

마치 앞쪽에서 달려 나가는 탐색조를 살펴본다는 듯이 바라보는 순간이었다.

"으아아악!"

비명 소리와 동시에 네 명의 병사들은 연이어 창에 찔리고 있었다.

'역시.'

병사들이 모두 다 죽은 후 디랜드는 천천히 앞으로 나갔다.

창은 관통 스킬 까지 붙어 있는 듯이 병사들의 쉴드는 철저하게 파괴 되었고 이런 함정이라면 면역 쉴드가 없는 일반 병사들은 시작하자마자 죽을 것이 분명했다.

디랜드가 함정을 피해 조심스럽게 주변을 살펴보는 순간이었다.

우워어어어어!

거대 황소 한마리가 자신을 향해 달려오고 있었다.

거대 황소가 뿔을 들이밀며 달려들고 있었지만 디랜드에게 당황함은 없었다.

'어차피 함정이 하나로 끝나지 않을 거라는 사실은 알고 있었다.'

디랜드의 눈이 반짝였다.

짧은 섬광이 눈에 일어나는 것과 동시에 스킬이 발산 되었다.


〈약점 파악〉

설명: NPC의 약점 부위를 파악합니다. 쿨 타임 12시간.

특징: 약점 부위가 없는 NPC나 인간에게는 아무런 효과도 낼 수 없습니다.


눈에서 나간 빛이 황소의 몸 전체를 스캔 하자 이마 부분에 약점 부위가 표시되고 있었다.

'저곳이다!'

탱커도 없고 딜러도 없이 혼자 있는 상황이었지만 디랜드는 천천히 손을 들어 보였다.

아무런 무기도 꺼내지 않은 채 맨손만을 들어 보이는 디랜드는 손바닥으로 막겠다는 듯이 활짝 펴 보이고 있었다.

우우우우우웅!

공기의 흐르는 소리가 들려오는 것과 동시에 손바닥에 푸른 빛이 감돌기 시작했다.

손바닥은 마나의 기운을 모으고 있었고 달려오는 황소를 향해 손바닥을 내미는 순간이었다.

공기의 흐름이 뒤틀리는 것처럼 달려오고 있던 황소의 고통에 찬 비명이 울려 퍼졌다.

퍼어어억!

달려오던 황소는 제 자리에 멈추어 선 채 주저앉아 버리고 말았는데 황소의 살과 가죽은 모두 다 사라진 채 뼈다귀만이 드러나 보이고 있었다.

'지금!'

과거 에솔릿이 손가락을 내밀어 사용한 스킬 처럼 디랜드 역시 손가락 하나를 황소의 이마에 겨누기 시작했다.

파아아앗!

빛이 번쩍이는 것과 동시에 황소의 이마로 한 줄기 빛이 관통했다.

뼈다귀만 남은 황소는 그대로 주저앉아 버렸고 한성이 황소를 제압했을 때와 똑같은 아이템들이 튀어 나왔다.

아이템들을 챙긴 디랜드는 그제야 주위를 살펴보았다.

방향을 말해 준다는 듯이 화살표가 깜박이고 있는 모습이 보이고 있었다.

지도도 없고 동료도 없었지만 디랜드는 당황하지 않고 있었다.

'절대자의 시험이 분명하군. 그렇다면 좋다! 통과해 보이겠다. 나는 다르다는 것을 증명해 주지!'

12시간만 아무것도 하지 않고 있으면 자동으로 던전으로 돌아갈 수 있었지만 디랜드는 무언가를 증명해 보이겠다는 듯이 반짝이고 있는 화살표 방향을 따라 천천히 걷기 시작했다.

디랜드가 움직이고 있던 그 시각.

한성은 두 번째 출입구에 도착해 있는 상황이었다.

지금 상황에서 던전은 홈그라운드나 마찬가지였다.

상대는 처음 와 보는 곳 이었지만 한성은 이미 모든 시스템을 꿰뚫고 있었고 지금 나오고 있는 적의 상황 역시 처음과 크게 다르지 않았다.

도우미 방에서 나온 탐색조원들은 첫 번째와 비슷하게

함정에 빠지고 있었고 면역 쉴드에 보호된 사도가 뛰어 오르고 있었다.

'이 자도 사도!'

아까는 사도가 출현했다는 사실을 알지 못했지만 지금은 달랐다.

사도라면 기본적으로 면역 쉴드가 있다는 것을 알고 있는 탓에 첫 번째와는 약간 다른 방식으로 접근했다.

촤아아아앗!

늘어난 사슬이 사도의 몸을 붙잡는 순간이었다.

"어어억!"

비밀 던전에서 이런 기습이 있을 거라고는 상상조차 하지 못했으니 한성의 공격을 그대로 받을 수밖에 없었다.

한성의 사슬은 그물처럼 사도의 몸을 꽁꽁 감아 버리고 있었다.

갑작스러운 기습에 사도가 놀라고 있던 그 순간 한성은 속공을 최대로 끌어 올리며 사내에게 달려갔다.

'일격!'

한성이 가지고 있는 유니크 검에는 면역 쉴드를 파괴할 수 있는 효과가 있었다.

촤아아아앗!

정상적인 상황에서 일대 일로 대결을 했다면 상황은 다르게 되었을지 몰라도 지금 상황에서는 아무리 사도라 하더라도 한성의 적수가 될 수 없었다.

유니크 검 앞에 사도의 면역 쉴드는 단순한 유리 방패 그 이상도 이하도 아니었다.

챙그랑!

"크아아아악!"

검이 허리를 지나쳐 가는 순간 사도의 면역 쉴드가 산산조각 나는 것과 동시에 사도의 몸은 그대로 반 동강 나며 최후를 맞이하게 되었다.

지금 사내의 손목 역시 사도임을 나타내는 산양 모양의 팔찌가 채워져 있었다.

전 세계에 열두 명 밖에 없는 사도 중 두 명을 순식간에 제압했지만 한성에게 기쁨이라고는 없었다.

'서둘러야 한다!'

한성은 곧바로 다음 출입구로 향했다.

지금이야 상대방의 위치를 파악할 수 있었고 상대방이 함정에 빠질 기회를 가질 수 있었지만 조금만 시간이 지나 버린다면 이 넓은 던전에서 상대를 찾지 못할 확률이 높았다.

단순히 이들을 찾지 못하는 것을 끝나 버린다면 그나마 다행일지 몰라도 더 큰 문제는 기습이 실패 한다면 그 다음은 오히려 기습을 당할 위험이 있었다.

'마지막 하나!'

자신이 담당하기로 한 3개의 출입구 중 이제 남아 있는 것은 하나였다.

한성은 최대한도로 속공을 끌어 올리며 달려가기 시작했다.

지금 자신이 향하는 곳에서 나타난 사도가 도우미의 함정에 얼마나 속았는지 알 수는 없었지만 다른 두 곳에 비해 늦게 도착하게 되었으니 이미 놓쳐 버릴 수 있는 확률이 더 컸다.

한성이 또 다른 출입구 쪽에 도착한 그 때였다.

"우워어어워!"

거대 황소 NPC의 울음소리가 울려 퍼졌다.

울음소리는 반갑게 들려왔다.

황소의 울부짖는 소리가 들려온다는 것은 아직 이들이 이곳을 떠나지 못했다는 것을 의미했다.

한성은 자세를 낮추며 다가가 상황을 바라보았다.

아까와 마찬가지로 지금 출구에서 나온 자들 중 탐색조로 보이는 자들은 함정에서 나온 창에 명중되어 즉사한 상황이었고 홀로 남은 사도가 황소를 탱킹하고 있었다.

지금 황소를 상대하고 있는 사도는 마법 계열로 보이고 있었는데 탱커처럼 강한 체력이 없는 탓인지 철저하게 면역 쉴드와 허공에 띄운 마나 쉴드로 황소를 상대하고 있었다.

면역 쉴드와 마나 쉴드가 황소의 달려드는 공격을 막아내는 가운데 사내의 수인이 바쁘게 움직이기 시작했다.

수인의 변화무쌍한 움직임에 연이어 마나의 기운이 황소에게 쏟아져 오고 있었다.

촤아아앗!

촤아아앗!

근접전에는 약하다는 듯이 사도는 애를 먹고 있었는데 사방으로 스킬이 발산되고 있었지만 두꺼운 황소의 가죽은 마나를 흡수하고 있었다.

지금 나타난 황소는 한성처럼 이마의 약점을 모른 채 상대한다면 상당한 시간이 걸리는 몬스터였다.

특히나 황소의 가죽은 마법 데미지의 위력을 차감하는 능력까지 있었으니 지금처럼 마법계 계열의 사내가 혼자 상대하기에는 무리가 아닐 수 없었다.

사내가 황소에게 정신이 팔려 있던 그때였다.

순간적으로 달려 나간 한성은 있는 힘껏 사도를 향해 검을 휘둘렀다.

'확장!'

몬스터를 상대하고 있는 상황에서 기습을 당하는 것은 치명적인 일이 아닐 수 없었다.

촤아아아아앗!

바람을 가르며 한성이 날아오는 소리에 사도가 바라보는 순간이었다.

"허억!"

어느새 거대한 장검이 자신에게 떨어져 오고 있었다.

챙그랑!

유니크 검의 위력을 말해 준다는 듯이 면역 쉴드의 파괴

와 동시에 사도의 몸은 그대로 쓰러져 버렸다.

"크으으윽!"

단 일격에 자신이 당한 것이 믿기지 않는 다는 듯이 사도는 몸을 한번 꿈틀 거린 후에 그대로 움직이지 못하게 되었다.

타겟이 죽은 것을 확인한 황소는 한성에게 눈길조차 주지 않고 돌아가기 시작했다.

한성은 단칼에 죽어 버린 사도를 바라보았다.

아무리 강한 사도라도 지금처럼 몬스터에게 잡혀 있는 상황에서 강한 상대에게 기습을 당한다면 힘 한번 제대로 쓰지 못하고 당할 것이 분명했는데 만일 자신이 보스 몬스터와 겨루고 있는 가운데 사도들이 기습을 한다면 지금과 같은 결과가 나올지도 몰랐다.

한성은 서둘러 산도발 일행이 있는 곳으로 달려가기 시작했다.

❖

비밀 던전에 입장한 또 다른 그룹인 산도발 그룹은 계획대로 두 그룹으로 나뉘어 있었다.

한성이 세 개의 출입구를 맡는 것과 동시에 이들은 다섯 개의 출입구를 맡기로 했다.

산도발, 제니퍼가 두 개의 출입구에서 오는 관리자들을

그리고 제시카, 마갈리. 그리고 혁명단 최고의 탱커라는 피터가 다른 세 개의 출입구를 맡기로 했다.

핏빛 고기 덩어리로 바뀐 황소의 시체가 쓰러져 있는 가운데 푸른빛이 번쩍이며 채찍이 늘어나고 있었다.

"잡았다!"

제니퍼의 채찍이 사도의 다리를 붙잡는 순간 산도발의 창이 그대로 사도를 향해 솟구치고 있었다.

'쾌속!'

눈에 보이지 않을 정도로 빠르게 날아간 창은 그대로 사내의 몸을 명중시키고 있었다.

챙!

"면역 쉴드!"

창은 관통하지 못한 채로 힘없이 떨어져 버리고 있었다.

첫 번째 만난 사도와 마찬가지로 이 사내도 면역 쉴드를 보유하고 있었다.

산도발의 공격이 실패한 순간 제니퍼의 공격이 이어졌다.

'스파크!'

촤르르르릇!

강한 전류가 채찍에 흘러가며 사도의 몸을 감전 시키려는 순간이었다.

"어딜 감히!"

촤아아아앗!

사내의 검이 한 바퀴 돌며 제니퍼의 채찍을 잘라 버렸다.

놀라고 있는 쪽은 기습을 당한 사도 뿐만이 아니었다.

'뭐가 이렇게 강해?'

예상보다 뛰어난 실력자가 있다는 사실에 놀란 쪽은 산도발과 제니퍼 역시 마찬가지였다.

첫 번째 사도는 벼락같은 기습으로 성공했지만 지금 만난 두 번째 사도는 달랐다.

황소를 잡고 있는 가운데 기습을 했지만 놀랍게도 사내는 황소의 약점에 검을 찔러 넣었고 곧바로 면역 쉴드와 마나 쉴드로 이들의 공격을 막아내었다.

장검을 들고 있는 산도발은 생각했다.

'지금 상황에서 면역 쉴드를 단번에 깰 수 있는 무기는 없다. 그렇다면 물리 공격이 아닌 마법 공격으로 상대를 해야 하는데. 상대도 알고 있을 것이 분명하다!'

사내는 냉소를 머금었다.

"흥! 면역 쉴드를 관통할 무기는 없군!"

이미 사내는 제니퍼와 산도발이 자신의 면역 쉴드를 깰 수 있는 무기를 보유하지 않는다는 것을 알고 있었다.

"제니퍼! 간다!"

산도발은 사내의 시선을 가리며 제니퍼의 앞으로 나섰다.

산도발은 연타 스킬이 있는 무기를 휘두르며 제니퍼의 한방을 노리고 있었는데 과거 마승지가 사용했던 것과 같은 마나 쉴드들이 허공으로 떠오르며 공격을 막아내고 있었다.

챙! 챙! 챙! 챙!

사도 역시 산도발이 연타 스킬이 있는 무기를 사용한다는 사실을 알고 있었고 자동으로 타겟팅 해 놓은 마나 쉴드가 빠르게 움직이며 산도발의 공격을 막아내고 있었다.

'무려 여섯 개다!'

여섯 개의 방패가 자동으로 방어가 되는 것이나 마찬가지였으니 사내는 공격에만 집중할 수 있었다.

"어엇?"

순간 사도의 몸이 빠르게 움직이기 시작했다.

연타 스킬이 쏟아져 오고 있었지만 사내는 산도발을 내버려 둔 채 제니퍼를 노리기 시작했다.

좌아아아앗!

스킬이 발산 되는 순간 사도의 양 손에 든 검이 제니퍼를 향해 쏟아지고 있었다.

마치 수십 개의 단검들이 동시에 쏟아져 오는 순간이었다.

'환영? 아니다!'

한 두 개 정도의 마나 검을 만들어내는 것은 쉬운 일이었지만 지금 사내처럼 동시에 수십 개의 마나 검을 뿜어내는 것은 쉽게 할 수 있는 일이 아니었다.

도저히 피할 수 없는 상황에서 제니퍼가 눈을 감는 순간이었다.

좌아아아앗!

챙!

어디선가 강한 검의 기운이 제니퍼의 앞에서 한 바퀴 휘몰아쳤고 수십 개의 마나 검들은 산산조각 나며 사라져 버렸다.

사도의 눈빛이 바뀌었다.

상대의 모습을 보지도 못했지만 실력만큼은 벌써 알 수 있었다.

'위력이 다르다!'

사도가 돌아보는 순간이었다.

유니크 검을 들고 있는 한성의 모습이 보이고 있었다.

순식간에 사도는 세 명에게 포위되어 버렸다.

산도발과 제니퍼의 얼굴은 환해졌고 사도의 얼굴에는 낭패한 기색이 역력했다.

앞의 두 남녀의 실력도 범상치 않은 실력이었지만 지금 나타난 자의 실력은 그 둘을 훨씬 더 뛰어넘는 실력이었다.

사도가 말했다.

"너희들은 뭐야? 저항군들인가? 어떻게 저항군이 처음 와 본 던전에서 기습을 할 수 있지?"

한성은 사도에게 시선을 떼지 않은 채 산도발과 제니퍼에게 물었다.

"괜찮은가? 서둘러야 한다!"

이곳 역시 사도가 나타났다는 것은 다른 출입구에서도 사도가 출현했다는 것을 의미했다.

즉 이곳 비밀던전에는 총 여덟 명의 사도가 들어왔다는 것이니 일초라도 빨리 다른 그룹과 합류를 해야 하는 것이 우선이었다.

한성이 한발 움직이려는 순간이었다.

"흥! 사도라는 이름을 그냥 얻은 것이 아니라는 것을 보여주지!"

사내는 냉소를 뱉으며 제 자리에서 뛰어 올랐다.

"우웃?"

달아나는 것도 아닌 이렇게 포위된 상황에서 위로 뛰어오르는 것은 자살이나 마찬가지였다.

촤아아앗!

떠오른 상대를 향해 산도발과 제니퍼의 공격이 뻗어나가는 순간이었다.

한성은 허공을 바라보는 대신 외쳤다.

"분신이다!"

제니퍼와 산도발의 공격이 허공에 명중된 순간 섬광은 그대로 지나쳐 갔고 허공에 떠 오른 사도의 몸은 사라져 버리고 있었다.

사도는 순식간에 눈앞에서 사라져 버렸다.

"스텔스!"

분신체와 은신 스킬을 동시에 사용한 사도는 순식간에 모습을 감추어 버렸다.

"근처에 있다!"

산도발과 제니퍼가 등을 맞대며 방어 자세를 취하는 순간 한성은 땅의 움직임을 주시하고 있었다.

사도의 모습은 보이지 않았지만 작은 땅의 움직임도 한성의 시선을 피해 갈 수는 없었다.

땅의 흙먼지가 미묘하게 일어난 순간이었다.

"저곳이다!"

우우우우웅!

한성의 검이 사정없이 흙먼지가 일어난 곳으로 향했다.

탁!

무언가 검에 닿았다고 생각한 순간이었다.

'함정!'

펑!

한성의 검이 닿는 순간 무언가 터지는 소리가 들려오며 하얀 가스가 사방으로 펼쳐가기 시작했다.

사도는 의도적으로 자신의 흔적을 남겼고 한성이 공격하리라 예상한 부분에 비장의 스킬을 시전 시킬 준비하고 있던 상황이었다.

하얀 연기를 본 순간 이미 상대가 어떤 스킬을 사용했는지 알 수 있었다.

한성이 외쳤다.

"숨을 쉬지 마!"

〈죽음의 연기〉

설명: 수면 가스를 만들어 냅니다. 숨을 쉴 경우 본인을 포함한 주변 인물들을 수면에 빠뜨립니다. 쿨타임 3시간.

특징: 상대의 레벨과 체력에 따라 효과는 다르게 나타납니다. 연기는 1분 동안 걷히지 않고 지속됩니다. NPC에게는 적용되지 않습니다.

한성의 외침이 끝나는 순간 산도발의 눈이 커졌다.

'제니퍼!'

제일 먼저 연기를 들이 마신 제니퍼가 제 자리에서 힘없이 쓰러져 버렸다.

한성과 산도발에 비해 가장 약한 체력을 가지고 있던 제니퍼는 미세한 양을 들이마셨을 뿐이었지만 그대로 효과가 나타나고 있었다.

죽지는 않았다는 듯이 잠든 제니퍼의 숨소리가 들려오고 있었다.

촤아아앗!

한성의 검이 주변 한 바퀴를 휘감았다.

연기를 날려 버리겠다는 듯이 확장된 검이 주변 한 바퀴를 돌았는데 연기는 사라지지 않고 있었다.

일반적으로 사도가 사용한 이 스킬은 주로 감당하지 못할 적을 만났을 때 도주 목적으로 사용하는 스킬이었는데 지금 사도는 역으로 공격하는 쪽으로 사용하고 있었다.

은신 까지 사용하고 있는 사도가 도주했을 거라고는 생각할 수 없었고 지금 이 상황에서도 자신들을 노리고 있을 것이 분명했다.

'스킬 시간은 길어야 1분이다. 하지만······.'

숨을 쉬지 못한다는 것은 마나를 모을 수 없다는 것을 의미했다.

마나를 모으지 못한다는 것은 결국 스킬을 사용하지 못하게 된 다는 것과 같았는데 1분 동안은 스킬이 아닌 무기의 특수 효과에 의지하는 방법밖에는 없었다.

한성과 산도발은 서로의 등을 맞대며 주변을 살폈다.

연기는 점점 더 퍼져 나가며 주변을 하얗게 뒤덮고 있었다.

말을 하지는 않고 있었지만 한성과 산도발은 같은 생각을 하고 있었다.

'눈을 가렸다. 우리는 상대의 모습을 볼 수 없지만 상대는 볼 수 있다. 감에 의존하는 방법밖에.'

스킬을 사용하지 못한다는 것 이상으로 위험한 부분이 적을 볼 수 없다는 것 이었다.

연기가 없었을 경우에는 땅의 미세한 움직임을 통해서 적의 움직임을 파악할 수 있었는데 아무리 한성이라 하더라도 지금 상황에서 상대의 움직임을 파악할 수는 없었다.

그때였다.

침묵을 깨고 사도의 목소리가 변형되어 들려왔다.

[흐흐흐! 사도의 무서움을 보여주지!]

지금 사도의 목소리는 원래 목소리가 아닌 기계음 같은 목소리 이었는데 반사적으로 산도발과 한성의 시선이 목소리가 들려온 쪽으로 향했다.

1초도 되지 않는 짧은 시간이었지만 산도발은 깨달았다.

'아! 속임수다!'

현 상황에서 호흡을 할 수 없었으니 말을 하는 것은 당연히 불가능했다.

사도는 과거 에솔릿과 한성이 사용했던 보이스 스킬을 사용해 산도발과 한성의 시선을 다른 쪽으로 향하게 했다.

산도발이 황급히 시선을 반대쪽으로 돌리는 순간이었다.

촤아아아아앗!

사도의 검은 한성의 몸을 꿰뚫고 있었다.

'늦었다!'

스킬을 사용하지 못하는 상황에서 지금의 방심은 너무나 컸다.

한성의 몸에 사도의 검이 뚫고 나가는 것이 보이는 순간이었다.

연기 속에서 사도의 몸이 튀어나오는 것과 동시에 사슬이 그물처럼 사도의 몸을 붙잡고 있었다.

'으음?'

산도발의 눈이 커졌다.

검에 찔린 한성의 몸은 순식간에 환영처럼 사라지고 있었고 오히려 사도의 몸이 뒤쪽으로 끌려가고 있었다.

'우우우욱!'

입으로 신음 소리 하나 나오지 않고 있었지만 사도의 얼굴에는 놀란 기색이 가득했다.

자신은 분명 시선을 돌린 한성의 등에 검을 찔러 넣으며 산도발에게 공격을 가하려 했는데 어찌된 일인지 자신의 손에는 텅 빈 공기만을 가르는 것이 느껴져 왔다.

'분신?'

자신이 찌른 것이 분신이라는 사실을 알아채는 순간 뒤쪽에서 거리를 두고 있던 한성의 사슬이 그물처럼 덮치듯이 날아들었다.

한성의 마음속 생각이 전해져왔다.

'네 놈만 사용할 줄 아는 게 아니야!'

사슬이 그물처럼 온 몸을 감싸는 순간 한성의 계략을 깨달았다.

사도가 기계음을 낸 순간 한성은 함정이라는 것을 알고 있었다.

분신을 사용할 경우 아주 짧은 시간 이나마 스킬이 시전되는 것을 볼 수 있었는데 지금 상황에서는 자신이 사용한 스킬의 연기 때문에 한성이 분신 스킬을 사용한 것을 놓쳐 버렸다.

사도는 크게 당황했다.

거대한 힘이 사도의 몸을 끌어당기고 있었다.

사슬로 사도의 몸을 끌어당기는 순간 가차 없이 한성의 유니크 검이 떨어져 버렸다.

촤아아앗!

"크아아아악!"

그대로 내리찍어진 검 앞에서 사도의 몸은 동강 나버리고 말았다.

'해냈다!'

산도발은 한 손을 번쩍 들어올렸다.

사도가 죽은 후 연기는 언제 있었냐는 듯이 사라져 버렸다.

한성이 손을 내밀며 말했다.

"예상외의 실력자들이 왔다! 연락을!"

산도발이 연락을 취하라는 듯이 황소의 뿔을 한성에게 던져주었다.

"받아!"

한성이 통신 수단인 황소의 뿔을 잡자 상급 정수를 꺼내든 산도발은 제니퍼의 입에 정수를 넣어주며 깨워 주기 시작했다.

어느 정도 시간이 지나야 된다는 듯이 제니퍼는 눈을 쉽게 뜨지 못하고 있었는데 한성은 황소의 뿔에 입을 가져가며 말했다.

"합류했다."

한성의 말이 끝나는 순간이었다.

다급한 마갈리의 목소리가 울려 퍼졌다.

"서둘러 와주세요! 2번 출입구입니다! 꺄아아악!"

비명 소리는 보지 않아도 현재 상황이 어떤지 알게 하기에 충분했다.

한성은 산도발과 제니퍼를 바라보았다.

아직까지 제니퍼는 깨어나지 못하고 있었다.

"그녀가 깨어나면 오도록!"

비명 소리가 울려 퍼지는 순간 한성은 산도발에게 짧게 말한 후 곧바로 달려가기 시작했다.

사도와의 대결에서 있었던 피로감이 아직 가시지도 않고 있었지만 한성은 속공을 최대한도로 끌어올리며 달려가고 있었다.

지금 사도를 상대하고 있는 혁명단은 피터, 제시카, 그리고 마갈리였다.

산도발, 제니퍼에 비해 약간 떨어지는 실력인 탓에 이들이 한명 더 많은 세 명으로 구성을 한 것 이었는데 문제는 이들로는 사도를 감당하기에는 역부족이었다.

치열한 전투가 벌어지고 있다는 듯이 굉음이 울리고 있었다.

콰과광!

출입구 지역과 가까워지는 가운데 나무가 무너지는 것이 보이고 있었다.

무너진 나무 위로 한 명의 사내가 솟구치는 것이 보이고 있었다.

지금 이 사내 역시 사도로 보이고 있었는데 허공에 떠 오른 사내의 두 손이 바쁘게 움직이기 시작했다.

촤아아악! 촤아아악!

사내의 두 손에서는 끊임없이 화염구가 떨어져 오고 있었는데 일반 화염구와는 비교조차 되지 않을 거대한 화염구가 끝도 없이 떨어져 오고 있었다.

콰콰콰강! 콰콰콰광!

한성이 놀란 것은 화염구의 위력이 아니었다.

'이렇게 많이?'

화염구는 끝이 나지 않는 다는 듯이 사도의 손에서 떨어져 오고 있었다.

찍어 누른 다는 듯이 지상을 향해서 화염구를 쏟아 붓고 있었는데 지상에서는 마갈리와 제시카가 마나 쉴드를 만든 채 간신히 버티고 있었다.

탱커인 피터는 이미 죽은 듯이 보이지도 않고 있었고 마나 쉴드에 몸을 숨긴 채로 간신히 버티고 있는 가운데 사도의 웃음소리가 울려 퍼졌다.

"크하하하하! 그 실력을 가지고 감히 기습을 하다니!"

쾅! 쾅! 쾅!

연이어 쉴드를 때리는 소리와 함께 사방으로 불똥이 튀고 있었다.

주위로 튄 화염은 용암처럼 대지를 녹이고 있었고 위태위태 해 보이는 가운데 한성의 몸이 솟구쳤다.

"오옷?"

갑작스럽게 날아오다 시피 하며 확장된 거대한 검이 휘둘러지는 모습에 사도의 눈이 커졌다.

'유니크 검?'

짧은 순간에도 사도는 한성의 검이 면역 쉴드를 파괴시킬 수 있는 유니크 검이라는 사실을 꿰뚫어 보았다.

한성의 유니크 검이 찔러 들어오는 순간 사도의 몸이 허공에서 움직였다.

우우우우웅!

베는 소리가 아닌 공기를 가르는 소리가 울려 퍼졌다.

'피했어? AIR 스킬?'

이렇게 공중에서 자유자재로 몸을 움직일 줄은 예상치 못한 일이었다.

허공에서 떠 있는 것은 어느 정도의 실력자라면 어렵지 않은 일 이었지만 마치 땅위에서 움직이는 것처럼 사내의 몸은 자유자재로 흔들리며 움직이고 있었다.

사도가 사용하고 있는 스킬은 AIR 스킬이었는데 허공에서 지상처럼 자유자재로 움직일 수 있는 장점이 있었다.

자신의 검이 빗나가는 순간 한성의 손이 움직였다.

촤아아아아앗!

뻗어나간 사슬이 사내의 몸을 노리며 날아가는 순간 사도의 손이 움직였다.

챙! 챙! 챙! 챙! 챙!

사내의 손에 들고 있는 화염구는 마치 방어구라도 되는 듯이 날아오던 사슬들을 막아내고 있었다.

갑작스러운 공격에 순간적으로 당황하기는 했지만 한성의 공격을 막아냈다는 것에 사내는 의기양양해 하고 있었다.

"흥! 제법이다만 이정도······. 허억!"

사도는 말을 끝까지 하지 못했다.

지상으로 떨어지고 있던 한성은 의도적으로 여섯 개의 사슬 중에 하나 만큼은 사내의 다리를 노렸다.

다섯 개의 사슬이 사도의 시선을 빼앗은 사이 마지막 하나는 공격 대신 사도의 다리를 감싸 버리고 있었다.

사도의 머릿속으로 기계음이 울렸다.

[타인의 무게가 더해졌습니다! AIR 스킬 해제 됩니다!]

'당했다!'

한성의 공격에 당했다는 생각이 드는 순간 사도의 몸이 지상으로 떨어지기 시작했다.

"우와아아앗!"

'떨어져!'

한성은 사내가 사용하고 있는 공중 스킬의 약점을 알고 있었다.

공중에서 자유자재로 움직일 수 있는 스킬은 본인의 무게 아닌 다른 이의 무게가 더해지게 되면 자동으로 깨지게 되어 있었다.

한성의 의도가 이곳에 있었다.

허공에서 자유자재로 움직일 수 있는 것은 큰 장점이었지만 반대로 스킬이 깨어질 경우 순식간에 중심을 잃어버리게 되는 치명적인 약점이 있었다.

물론 이렇게 까지 높게 떠 있는 사도에게 무게를 더할 수 있는 실력자는 많지 않았지만 한성의 늘어난 사슬은 사도의 다리를 묶으며 스킬을 산산조각 깨어버리고 있었다.

"우와아아아!"

언제 허공에 서 있었냐는 듯이 한성의 사슬에 붙잡힌 사도의 몸은 한성과 함께 지상으로 떨어지고 있었다.

사슬로 엮여진 상황에서 떨어지고 있는 가운데에서도 한성의 공격은 멈추지 않았다.

'줄어!'

단칼에 끝내겠다는 듯이 한성은 사내의 몸을 당기며 유니크 검을 쥐었다.

"우와아아앗!"

다리에 묶인 사슬이 줄어드는 것과 동시에 곧바로 사도의 몸은 한성에게 끌려오고 있었다.

하늘에서 바닥으로 떨어지고 있는 절박한 상황이었지만 한성은 상대의 움직임에 더 신경을 쓰고 있었다.

'어차피 바닥에 떨어지기 전에 스킬로 몸을 보호할 수 있다! 지금 검으로!'

다리를 붙잡힌 사도는 지금 전혀 중심을 잡지 못하고 있었는데 지금이 절호의 기회였다.

'확장!'

우우우우웅!

허공에서 한성의 검이 공기를 가른 채 회전하며 사도의 몸을 베는 순간이었다.

순간적으로 당황하기는 했지만 사도의 눈 역시 한성의 검을 놓치지 않고 있었다.

눈앞의 유니크 검은 자신의 면역쉴드를 파괴 할 수 있다는 사실을 알고 있는 사도의 머릿속으로 자동으로 명령이 내려졌다.

패시브!

촤아아아앗!

자동 방어 패시브 스킬을 가지고 있다는 듯이 손에 모여 있던 화염구들이 한 곳으로 모여들며 유니크 검을 막았다.

마치 살아 있는 생명체처럼 손에서 연이어 나온 화염구들은 유니크 검의 앞을 가로막았고 검과 화염구가 부딪치는 순간이었다.

퍼어어어억!

화염구는 폭탄이 터지듯이 터져 버리고 있었다.

방패처럼 모여든 화염구들은 순식간에 산산조각 나 버렸지만 순간의 멈칫거림은 사도로 하여금 충분히 반격을 가하기에 충분했다.

"감히!"

아무 무기로 들고 있지 않았던 사도의 손에서 마나의 기운이 검처럼 생겨나며 한성의 몸을 노렸다.

허공에서 사방으로 흩어져가고 있던 화염구의 잔재가 앞을 가리는 순간이었다.

파아아아앗!

'죽어!'

사도의 마나 검이 한성을 향해 찔러 들어갔다.

지상으로 떨어지고 있는 가운데 피할 수 없다고 생각한 사도의 마나 검이 한성의 몸을 꿰뚫는 순간이었다.

'명중! 어엇?'

놀랍게도 한성은 허공에서 몸을 튕기며 위로 피하고 있었다.

마치 발을 디딜 곳이 있다는 듯이 움직이는 모습은 한성 역시 AIR 스킬을 가지고 있다는 것을 의미했다.

'세상에!'

사도의 눈은 커지지 않을 수 없었다.

허공에서 자유자재로 움직이는 것만 하더라도 사도 중에 네 명 밖에 사용할 수 없는 스킬이었는데 지금 한성은 땅에서 활동하는 것처럼 자유롭게 몸을 튕기고 있었다.

순식간에 자신 보다 먼저 떨어지고 있었던 한성은 자신 보다 높은 곳으로 올라가 있었고 검의 공격이 연이어 이어지고 있었다.

"이이익!"

챙! 챙! 챙!

하늘에서 떨어지고 있는 그 짧은 시간에도 두 사내는 지상에서 싸우는 것처럼 서로에게 공격을 퍼 붓고 있었다.

그때였다.

'속공!'

파아아아앗!

놀랍게도 한성은 허공에서 속공을 사용해 자신에게 돌격해 오고 있었다.

사도의 눈이 커졌다.

'이런 미친!'

추락하는 가속도에 속공이 더해지자 한성은 순식간에 자신의 눈앞에 나타나 있었다.

챙!

본능적으로 내밀은 사도의 마나 검을 유니크 검으로 막는 것과 동시에 한성의 발차기가 위에서부터 내리찍고 있었다.

콰광!

한성의 발차기가 그대로 내리찍어져 왔다.

"크어어어억!"

묶여 있던 사슬이 풀어지는 것과 동시에 사도의 몸은 그대로 지상으로 처박혀 버리고 말았다.

쾅과광!

얼마나 강하게 떨어졌는지 사도가 추락한 지점 주변으로 흙먼지가 폭탄이 터지듯이 튀어 오르고 있었다.

사도를 내리찍는 것과 동시에 디딤돌 삼아 지상에 착지를 한 한성은 추락한 사도를 살펴보았다.

'아무리 쉴드를 사용했다 하더라도 이 정도로 추락했으면 분명 충격은 남아 있다!'

한성이 연이어 공격을 퍼 부으려는 순간이었다.

'으음?'

뜻밖에도 사도의 모습은 어디에서도 보이지 않고 있었다.

'은신!'

스텔스 스킬을 사용했다는 듯이 사도의 몸은 사라져 버렸고 마갈리와 제시카가 달려오고 있는 모습이 보이고 있었다.

한성이 소리쳤다.

"은신이다!

한성의 외침과 동시에 제시카는 걸음을 멈추었는데 마갈리는 허공으로 뛰어 오르며 스킬을 시전 시켰다.

우우우우우웅!

스킬이 시전 되는 것과 동시에 스태프의 끝에서 빛이 번쩍이며 사방에서는 종소리가 울려 퍼지기 시작했다.

댕! 댕! 댕!

〈새벽의 종소리〉

설명: 종소리가 울리며 반경 10M 이내에 있는 스텔스 스킬을 찾아냅니다. 쿨 타임 24시간.

특징: 상대의 은신을 감지하여도 상대의 위치를 파악하는 것일 뿐 스텔스 스킬이 깨지는 것은 아닙니다. 상대가 10M 밖으로 나갈 경우 효과가 적용되지 않습니다. 스텔스를 파악한 직후 스킬은 자동으로 소멸 됩니다.

종소리가 울리며 10M 이내에서는 종소리의 파동이 물결치듯이 흐르고 있었는데 모두의 시선은 잔잔히 흐르고 있는 파동으로 향하고 있었다.

일정 패턴으로 똑같은 파도 모양으로 흐르고 있는 파동이 어느 한 지점에서는 불규칙하게 움직이고 있었다.

파동은 생생하게 움직이고 있는 인간의 형상을 그려내고 있었고 제시카가 외쳤다.

"저기!"

제시카의 외침이 끝나기도 전에 한성의 스킬이 쏟아지듯이 떨어져왔다.

콰과과과광!

바위가 부서지고 흙먼지가 사방으로 튀어 오르는 가운데 사도의 모습이 드러났다.

추락할 때 쉴드로 보호를 받기는 했지만 아직 충격이 남아 있다는 듯이 사도의 다리는 흔들리고 있었다.

한성이 유니크 검을 들고 달려가는 순간이었다.

마갈리의 스킬에 의해 모습을 드러냈지만 순식간에 사도의 몸은 또 다시 사라져 버리고 있었다.

한성의 눈이 커졌다.

'이중 스탤스!'

보통 스탤스는 한번 깨졌을 때 쿨 타임에 걸리게 되었다.

즉 일정 시간 동안에는 또 다시 은신 스킬을 사용할 수 없었는데 그 예외가 바로 이중 스탤스였다.

일종의 상급 은신 스킬로 스탤스가 깨지더라도 곧바로 스탤스 스킬을 재사용할 수 있는 스킬이었다.

마갈리의 스킬이 애쓴 보람도 없이 사도의 몸은 순식간에 사라져 버리고 있었다.

파동은 이미 사라져 버린 후였고 더 이상 스탤스를 파악할 방법은 없었다.

'세상에!'

마갈리와 제시카는 처음 보는 이중 스탤스 스킬에 놀라고 있었지만 한성은 달려가고 있던 몸을 멈추지 않고 있었다.

'확장! 그리고 화염!'

일단 있는 곳을 확인했으니 사도가 지역을 벗어나기 전에 지역 전체를 날려 버릴 생각이었다.

한성은 순간적으로 보였던 사도의 다리가 떨리고 있다는 사실을 놓치지 않고 있었다.

'추락 할 때의 충격은 분명히 남아 있었다. 의존할 수 있는 것은 스탤스 스킬 뿐! 놈은 지금 달아날 기운도 없어!'

좌아아아앗!

화르르르릇!

유니크 검이 확장되는 순간 검을 타고 불길이 흐르기 시작했다.

거대한 불기둥이 되어 버린 한성의 검은 좌우로 흔들어지고 있었다.

우우우웅!

우우우웅!

회오리 바람이 일어나며 불길은 점점 더 거세어지고 있었다.

상대는 보이지 않고 있었지만 볼 필요도 없었다.

화염을 가득 먹은 거대 유니크 검에서 튀어 오르는 불길은 주변에 있는 모든 것을 태워 버리려 했고 주변에 있던 나무와 풀들이 불타오르면서 사방으로 불똥을 튀게 하고 있었다.

"아!"

아무도 없는 곳에서 혼자서 검을 휘두르는 것처럼 보였지만 제시카는 한성의 의도를 알아차렸다.

한성이 휘두르는 거대한 검은 바람을 일으켰고 반경

10M 이내에서 피할 수 있는 곳은 없었다.

아주 작은 돌멩이나 흙먼지 하나가 스쳐 지나가는 것만으로도 스텔스의 몸은 모습을 드러낼 수밖에 없었다.

"아앗!"

한성의 예상대로 아주 작은 불씨 하나가 사도의 몸에 닿는 순간이었다.

마갈 리가 외쳤다.

"저깁니다!"

스킬로도 깨지 못했던 사도의 스텔스 기능은 작은 돌멩이 하나로 완전히 깨져 버리고 말았다.

"으으으!"

믿기지 않는 다는 듯이 사도의 눈이 커지는 것과 동시에 순간적으로 그의 발걸음이 멈추었다.

짧은 머뭇거림을 놓칠 한성이 아니었다.

줄어든 검은 정확하고 빠르게 사도의 심장을 겨누었다.

"으으으으!"

지상으로 떨어졌을 때의 충격으로 사도는 방어를 갖출 여력조차 없었다.

촤아아아앗!

바람을 가르는 소리와 함께 한성의 검은 그대로 사도의 몸을 꿰뚫고 있었다.

"크어어어억!"

피를 토해내는 사도의 얼굴에는 아직도 믿기지 않는 다는 표정이 역력했다.

"내, 내가 사도인데……."

축 늘어진 채로 사도는 더 이상 움직이지 못했다.

사도라 하더라도 죽으면 일반인과 똑같다는 듯이 곧바로 사도의 몸은 빛과 함께 소멸되어 버렸다.

"하아! 하아!"

사도의 몸이 사라지고 나서야 한성은 긴장을 늦출 수 있었다.

거친 호흡을 가다듬으며 제 자리에 주저앉는 한성에게 따사로운 기운이 스며들고 있었다.

마갈리의 체력 회복 마법이 한성의 주변을 감싸는 가운데 한성은 정수를 들이키고 있는 제시카를 바라보며 물었다.

"피터는?"

탱커 역할을 맡았던 피터가 보이지 않다는 것은 분명 그가 죽었다는 것을 의미했다.

예상대로 마갈리는 대답대신 고개를 흔들었다.

곧바로 제시카가 믿기지 않는다는 듯이 물었다.

"이 자는 뭡니까? 어떻게 이렇게 강한 자가 온 겁니까? 분명 기습을 했는데 막아내 버렸습니다. 이 자는 뭐죠?"

이들은 아직 사도가 왔다는 사실을 알지 못하고 있었다.

제시카의 질문이 끝나는 순간 한쪽에서 산도발의 목소리가 들려왔다.

"이자는 사도다."

산도발은 제니퍼를 부축하며 다가오고 있었는데 사도라는 말에 제시카의 눈이 커졌다.

"세, 세상에 전 세계에 열두 명 밖에 없는 자들이 왔단 말입니까? 어떻게 처음 나타난 던전에 사도가 직접 올 수가 있죠?"

사실상 전 세계에서 가장 강한 열두 명의 사내들이 왔다는 것에 제시카는 믿을 수 없다는 듯이 고개를 흔들고 있었다.

'이 사내는 그런 사도를 제압했단 말인가!'

한성을 바라본 순간 또 한 번 놀라고 있었다.

한성의 실력이 대단하다는 것은 알고 있었지만 공중에서부터 벌어진 전투와 지상에서 이어진 전투는 지금까지 자신이 알고 있는 한성의 실력보다 더 뛰어난 실력 이었다.

한성은 담담히 말했다.

"사도가 나타난 이유는 모른다. 다만 입장 게이트에 한 명씩 있는 것으로 미루어 총 여덟 명이 온 것으로 추측된다. 여섯 명은 잡았고 이제 두 명 남았다."

지금까지 해치운 사도는 총 여섯 명이었다.

그때였다.

팡! 팡! 팡!

모두의 시선이 허공으로 향했다.

하늘에서 섬광이 번쩍이고 있었다.

현 상황에서 두 명이 남아 있다고 추측하고 있었는데

사도들은 서로에게 신호를 보낸다는 듯이 허공으로 신호탄을 쏘아 올리고 있었다.

색깔이 다른 두 개의 섬광탄이 현재 위치를 말해 준다는 듯이 하늘에서 반짝이고 있었다.

"저곳인가?"

산도발은 무기를 움켜쥐고 당장이라도 뛰어 갈 것처럼 말했지만 한성은 고개를 흔들었다.

"아니. 신호는 살아 있다는 것을 의미할 뿐 만나는 지점은 다른 지점일 것이 분명하다."

신호탄은 아군뿐만 아니라 적군에게도 위치를 노출 시킬 수 있기 때문에 신호탄을 기준으로 일정 거리를 두고 만날 장소를 정해 놓는 것이 일반적 이었다.

한성이 말했다.

"뭐 어차피 저들이 움직인다면 갈 곳은 정해져 있다. 일단 우리는 던전의 보스가 있는 곳으로 먼저 향한다."

곧바로 한성은 화살표가 가리키는 방향을 따라 움직이기 시작했다.

한성의 예상대로였다.

신호탄이 터진 곳과 상당히 떨어진 지역에서 디랜드는 또 다른 사도와 만나고 있었다.

디랜드와 만난 사도는 마키온.

현재 비밀던전에 입장한 사도 중에 디랜드와 함께 유일하게 살아남은 인물이었다.

그 역시 다른 사도들이 입장했을 때처럼 똑같은 함정에 빠졌고 시작과 동시에 부하들은 죽은 상황이었다.

홀로 다가오고 있는 마키온을 본 디랜드가 인상을 찌푸렸다.

"역시. 잘못 되었군."

마키온 역시 고개를 끄덕이며 말했다.

"살아 있는 자가 우리 둘 뿐인가?"

신호탄이 단 두 개 밖에 터지지 않았다는 사실에 이들은 다른 사도들이 모두 다 죽었다는 것을 알 수 있었다.

둘은 같은 생각을 하고 있었다.

'던전 안에 무언가 엄청난 것이 있다.'

사도들이 함정이나 황소에게 죽었다고는 상상 조차 할 수 없었다.

다만 사도들의 죽게 된 이유는 서로 다르게 생각하고 있었다.

마키온은 사도들이 혁명단에게 죽었다고는 생각할 수 없었고 자신 들이 알지 못하는 엄청난 몬스터가 있다고 생각하고 있었는데 디랜드는 다르게 생각하고 있었다.

"NPC는 아니다. 처음 기습이 끝난 후로 이곳까지 오는 동안 강한 몬스터라고는 전혀 보지 못했다. 자네는 아닌가?"

마키온 역시 동의 한다는 듯이 고개를 끄덕였다.

디랜드는 단호하게 말했다.

"함정에 빠진 느낌이다."

"함정이라고? 비밀 던전은 처음 열린 던전이다. 그 누가 함정을 팔 여유가 있을 건가?"

디랜드가 말했다.

"상대가 어떻게 함정을 파고 기다렸는지는 알 수 없지만 오면서 강한 마나의 기운을 느꼈다. 아무래도 저항군 쪽에서 상당한 실력자들이 온 것으로 추측된다."

진지한 표정을 짓고 있는 디랜드를 본 마키온은 믿기지 않는 다는 듯이 말했다.

"가만. 가만. 정리해 보지. 지금 자네의 말은 혁명단 중에 뛰어난 실력자들이 생전 처음 와 보는 던전에 들어와서 사도 여섯 명을 세입했다는 말인가?"

지금 던전에 들어온 사도들이 아케온 같은 사도 중에 최고의 실력자는 아니었지만 명색이 사도인 실력자 여섯 명을 해치웠다는 것은 믿기 힘든 일 이었다.

자신이 말을 하고도 믿을 수 없다는 마키온은 말하고 있었는데 디랜드는 고개를 끄덕이며 말했다.

"그렇다. 믿기 힘든 일이기는 하지만 현재 내 느낌으로는 그렇다. 이곳에 와 본 적 있는 누군가가 함정을 파 놓고 우리를 기다리고 있었다는 느낌이다."

"설마 인간의 절대자 라고 불리는 그 자가?"

혁명단의 공식적인 리더는 제임스로 알려져 있었지만 실제 사도와 관리자들이 주시를 하고 있는 인물은 한성 이었다.

디랜드가 고개를 끄덕였다.

"그렇다. 혁명단에 우리도 가지지 못하고 있는 상위 스킬을 쓰는 자가 있다고 들었다. 미국에서 유니크 검을 탈취한 자. 지금 까지 그 어떤 저항군 보다 우리의 관리자를 많이 암살한 자. 마승지와 에솔릿을 죽였다는 그 자가 온 것 같다."

"아무리 그 자가 왔다고 하더라도 우리를 제압할 실력이 있을까?"

의심 섞인 마키온의 물음에 디랜드는 직설적으로 물었다.

"자네는 에솔릿을 죽일 수 있는가? 난 없다."

사도들 끼리의 실력은 정확하게 알지 못하고 있었지만 에솔릿의 실력만큼은 잘 알고 있었다.

HNPC가 사도보다 실력이 높다는 사실은 모두들 겉으로 드러내지는 않고 있었지만 이미 에솔릿의 실력이 대다수 사도 보다 뛰어나다는 사실은 암묵적으로 인정하고 있는 부분이었다.

"……."

마키온이 침묵하고 있는 가운데 디랜드가 말했다.

"마승지, 그리고 에솔릿을 제압한 자다. 그 자가 왔다면 우리는 몸을 사려야 해."

사도의 자존심이고 뭐고 간에 디랜드는 객관적으로 상황을 파악하고 말하고 있었다.

곧바로 디랜드는 화살표가 가리키는 방향 반대쪽으로 발걸음을 돌리며 말했다.

"이 화살표 대로 간다면 분명 그자가 기다리고 있을 거다. 그건 상대의 의도대로 움직여 주는 것일 뿐. 더 이상 상대의 계획에 놀아날 수는 없다."

곧이어 디랜드는 마키온에게 물었다.

"어떻게 할 건가? 적에 대한 아무런 정보도 없다. 어차피 절대자께서 우리에게 지시한 것은 비밀 던전에 들어가라는 것 뿐. 다른 임무는 없었다."

"몸을 사리자는 말인가?"

창피하고 자존심 상하는 일이었지만 사태의 심각성을 깨달은 마키온이 물었다.

"계획은?"

"움직이지 않는다. 정황상 놈은 비밀 던전에 처음 들어온 자가 아니야. 놈은 이미 계획을 하고 있었어. 비밀 던전의 구조 그리고 시작과 동시에 나타난 몬스터의 기습까지 알고 있었다. 그렇지 않다면 이 짧은 시간에 사도들을 제압한 것을 설명할 수 없다."

잠시 계획을 생각하고 있던 디랜드가 말했다.

"덫 스킬과 마법진 스킬. 가지고 있나?"

덫은 아이템으로 구입하는 것이 일반적 이었지만 상위

실력자들 가운데 에서는 스킬로 만들어 낼 수 있었다.

마키온은 고개를 끄덕였다.

디랜드가 말했다.

"비밀 던전이 끝날 때 까지는 대략 열 시간 정도 남았을 거다. 열 시간 동안 안전지대에서 마법진을 설치하고 수비 위주로 한다. 살아 돌아가는 것을 우선으로 하겠다."

곧바로 디랜드는 화살표의 방향과 반대 방향으로 이동하기 시작했다.

어느 정도 시간이 흐르고 수비하기에 좋은 장소를 물색한 마키온과 디랜드는 뒤쪽에 절벽을 등지고 마법진을 설치하였다.

마키온이 알리미 덫을 비롯하여 수많은 방어용 스킬들을 세팅하고 있던 그때 디랜드의 손에서도 스킬이 발산 되었다.

"공격형 스킬도 설치한다. 이 정도라면 적어도 무사히 뚫지는 못할 거다."

〈스나이핑 덫〉

설명: 타겟 한명에게 강한 마나 공격을 합니다. 한 번에 한명만 공격할 수 있습니다.

특징: 발포된 후 타겟팅된 타겟은 무조건 명중됩니다. 면역쉴드 관통합니다.

무려 열 두 개의 덫을 나무 곳곳에 설치해 놓고 있었다.

만족스럽다는 듯이 디랜드가 말했다.

"무려 열 두 방이다. 일단 걸리기만 하면 아무리 면역 쉴드를 가지고 있다 하더라도 피할 수 없다."

덫과 마법진의 설치가 끝나자 마키온은 속으로 생각했다.

'이렇게 까지 진지하게 임하고 있는 디랜드는 처음 본다. 이런 위기는 처음 겪는다. 어쩌면 이것 역시 절대자께서 의도하신 걸지도 모르겠군. 하지만 왜? 단순히 경고라고 하기에는 너무 지나치다.'

비밀 던전으로 사도들을 입장시켰을 때 사도들은 어느 정도 절대자가 벌을 내린다는 생각은 했었는데 그 벌은 예상 보다 훨씬 더 무거웠다.

곳곳에 숨어 있는 마법진들을 바라보며 디랜드가 말했다.

"이제 대기다. 은신 스킬이라 하더라도 이렇게 촘촘한 함정들을 피해 올 수는 없다. 아무리 뛰어난 실력자라 하더라도 우리가 준비를 하고 있으니 쉽지는 않을 거다."

곧이어 두 명의 사도는 마법진 가장 깊숙한 곳으로 대피하였고 어느 정도 시간이 흘렀다.

하늘에는 새 두 마리가 머리 위를 맴돌며 날아다니고 있었고 주변으로는 몬스터 한 마리 보이지 않고 있었다.

침묵을 깨고 디랜드가 말했다.

"모두가 인정하지는 않고 있었지만 HNPC는 성공한 프로젝트다. 포돌스키가 사도로 오른 이유도 그가 단순히 정치를 잘해서만은 아니야. 에솔릿 같은 괴물이 쉽게 만들어질지는 몰라도 그 이상이 되는 괴물도 나올 수 있다는 사실 하나만으로도 HNPC 프로젝트는 계속될 거다."

디랜드의 말이 끝나자 마키온이 말했다.

"절대자께서 무슨 생각을 하시는지 모르겠군."

조심스럽게 절대자로 화제를 돌리자 디랜드는 무언가 결심했다는 듯이 말했다.

"자네는 절대자님을 직접 뵌 적이 있는가?"

아무리 사도라 하더라도 절대자의 명령은 절대자의 탑에서 기계음만을 통해 들었지만 아케온을 제외한 다른 사도들 중 직접 절대자를 본 인물은 없었다.

마키온이 의아하다는 듯이 물었다.

"절대자 님은 아케온 사도 밖에 뵐 수 없는 것 아닌가?"

"난 본적 있다."

디랜드의 말에 마키온은 크게 놀라며 말했다.

"과거 우연히 아케온 사도님과 독대를 하고 있는 절대자를 본 적 이 있다. 아주 짧은 시간이었지만 똑똑히 얼굴을 보았다."

신과 같은 능력을 가지고 있는 인물을 직접 보았다는 말에 마키온이 궁금하다는 듯이 물었다.

"인간인가?"

소문으로는 빛과 같은 형상이라는 말도 있었고 인간과 전혀 다른 모습이라는 말도 있었지만 확인 된 것은 전혀 없었다.

　마키온의 물음에 디랜드가 고개를 끄덕이며 말했다.

　"인간 그것도 초라한 동양인 노인이었다."

　믿기지 않는 다는 듯이 디랜드를 바라본 순간이었다.

　"걷기조차 힘들어 보이는 노인이 절대자라고 믿어지지 않았지만 분명 내가 본 모습은 상상속의 절대자의 모습과는 거리가 멀었다."

　"설마, 외형 변화 스킬을 사용하고 있었던 것 아닐까?"

　"그럴지도……."

　곧이어 디랜드가 말을 이었다.

　"우리끼리 하는 말이지만 나는 이번 비밀 던전이 절대자께서 만든 던전이라 생각하고 있다. 이렇게 될 줄을 절대자께서는 알고 있었던 것 같다."

　"설마 절대자께서 우리를 죽이려 한단 말인가?"

　"그것까지는 모르지만 다행이라 할 수 있는 것은 우리 둘이 같이 있다는 거다. 홀로 있을 때 기습을 당했다면 우리도 안심할 수 없을 테지만 지금이라면 다르게 될 지도."

　마키온과 디랜드가 모든 준비를 끝마치고 있던 그 시각

한성 일행은 걸음을 멈추었다.

허공에서 반짝이고 있던 화살표는 동굴의 입구를 가리키며 더 이상 나타나지 않고 있었다.

마치 당장이라도 들어가라는 듯이 화살표는 동굴 입구에서 끝나 있었는데 모두의 시선은 동굴로 향했다.

평범해 보이는 동굴이었지만 끝은 보이지도 않을 정도로 어둠만이 가득 차 있었다.

처음 와 온 자들에게는 갈등을 일으킬 동굴이었지만 이미 이곳을 경험해 본 한성에게 주저함이라고는 없었다.

지금 부터는 다른 길이라고는 없었다.

시작 지점은 모두 다 달랐을지 몰라도 결국 안내 화살표가 끝나는 부분은 이곳이었고 지금 동굴의 끝이 최종 보스가 있는 곳 이었다.

제시카가 동굴 안쪽으로 귀를 기울이며 말했다.

"미세하게 소리가 들립니다. 꽤 멀리 간 것 같군요."

지금 쯤 민석이와 지수는 상당 부분 길을 뚫었을 것이 분명했다.

한성은 입으로 황소의 뿔을 가져가며 물었다.

"상황은?"

한성의 질문에 민석이의 목소리가 들려왔다.

"갈수록 힘들어집니다! 포인트 5지역 까지 왔습니다!"

포인트 5지역이면 대략 절반 정도 길을 뚫은 상황이었다.

민석이의 속도는 예상했던 속도였는데 문제는 사도 2명이 남아 있다는 사실이었다.

원래 한성의 계획대로라면 비밀 던전에 들어온 자들을 모두 다 해치운 후 민석이와 합류하는 것이었는데 지금은 거대한 적이 두 명이나 배후에 남아 있었다.

산도발이 한성을 바라보며 물었다.

"어떻게 할 건가? 분명 사도 2명이 남아 있다고 생각 되는데 이곳에서 기다릴 건가? 아니면 우리 모두 다 사도를 처리하고 갈까?"

한성은 고개를 흔들었다.

민석이와 지수가 열심히 길을 뚫고 있다고는 해도 그들만으로는 시간 내에 충분한 정수를 획득하기가 어려웠다.

한성이 말했다.

"기회는 쉽게 오지 않아. 지금이 사도를 제압할 수 있는 절호의 기회다."

"혼자서 가능하겠는가?"

상대는 두 명이었고 당연히 경계를 하고 있을 것이 분명했다.

한성은 고개를 끄덕였고 곧바로 동굴로 입장하는 동료들과 헤어졌다.

한성의 시선은 허공으로 향했다.

자신의 머리 위로는 새 한 마리가 제 자리에서 빙글빙글 돌며 날아다니고 있었다.

레이다도 통하지 않고 넓디넓은 던전 안이었지만 상대의 위치는 파악할 수 있었다.

자신의 머리 위로 새 한 마리가 빙빙 돌고 있는 것처럼 멀리 떨어진 곳에도 새 두 마리가 떠 있는 모습이 보이고 있었다.

'저곳!'

던전에 들어온 플레이어들은 알지 못했지만 한성은 알고 있었다.

지금 머리 위에 떠 있는 새는 바로 플레이어들이 있는 위치를 말해주고 있었다.

비밀 던전 입장 후 일정 시간이 지나면 허공에 새의 형상을 한 몬스터가 등장을 했는데 이 몬스터는 사실 플레이어들의 위치를 알려주는 몬스터였다.

레이다를 사용할 수 없는 비밀 던전 안에서 새의 역할이 레이다의 역할을 대신했는데 지금 같은 경우에는 상대의 위치를 정확하게 파악할 수 있었다.

동굴 안에 들어간 플레이어들의 위치는 파악하지 못했지만 그 외에 던전에 있는 플레이어들의 머리 위로는 여지없이 새들이 날아다니고 있었고 새의 숫자와 위치가 바로 플레이어의 숫자와 위치였다.

현재 던전의 상공에서 떠 있는 새는 딱 세 마리.

한 마리는 자신의 머리 위에서 떠 있었으니 예상대로 사도의 숫자는 두 명이 분명했다.

'저곳은 절벽이 있는 곳. 더 이상은 물러설 수 없는 곳인데.'

사도의 위치를 파악했지만 한성은 일단 멈춘 채로 새의 움직임을 주시했다.

두 마리의 새들은 움직이지 않고 같은 지점을 빙빙 돌고 있었다.

이것은 사도 역시 움직이지 않고 있다는 것을 의미했다.

한성은 생각했다.

'역시. 움직이지 않는다. 함정을 설치하고 있군.'

명색이 사도라는 자들 이었으니 동료들이 죽었다는 것을 알아 챈 순간 섣불리 움직이는 것 보다는 방어 태세를 갖춘다는 것이 더 유리할 거라는 사실을 알고 있을 것은 분명했다.

상대는 당연히 맨 몸으로 기다릴 리는 없었다.

'함정을 파 놓고 기다리고 있을 것이 분명하다.'

곧바로 한성은 어디론가 움직이기 시작했다.

알리미 덫 같은 함정만 하더라도 상대에게 자신의 움직임을 노출 시킬 수밖에 없었는데 사도들의 덫이라면 단순히 알리미 덫 수준이 아닌 생명에 위협을 가할 수준의 덫이 있다는 것은 분명한 사실이었다.

무언가를 찾는 다는 듯이 한성의 시선은 바쁘게 움직이기 시작했다.

한성의 눈에는 몬스터들이 보이고 있었지만 몬스터들은 한성에게 관심 없다는 듯이 시선조차 주지 않고 있었다.

비밀 던전에 있는 몬스터들은 처음 튀어나온 황소 몬스터와 동굴안의 몬스터를 제외하고는 전혀 플레이어에 대한 공격성이 있지 않았다.

즉 던전에 입장한 플레이어가 먼저 공격하지 않는다면 몬스터는 플레이어들을 그냥 바라보고만 있을 뿐 공격을 가하지는 않았다.

외눈박이 거인을 비롯하여 꽤 강해 보이는 몬스터들이 보이고 있었지만 한성은 무언가를 찾는 다는 듯이 지나쳐 가고 있었다.

몬스터들을 살펴보고 있던 한성의 시선이 한 곳에 멈추었다.

'이쯤이었다.'

평화로운 들판 위에서 한성의 시선이 멈춘 몬스터는 순해 보이는 토끼였다.

'있다!'

평화롭게 뛰어 놀고 있는 마운틴 래빗이었는데 말 그대로 산토끼였다.

산토끼 역시 한성에게는 눈길 주지 않고 있었는데 한성은 마치 보스 몬스터를 보았다는 듯이 천천히 다가가기 시작했다.

놀랍게도 비밀 던전에서 가장 무서운 몬스터가 바로 눈앞에 보이는 마운틴 토끼였다.

비밀 던전이 처음 등장했을 때 수많은 플레이어들이 토끼의 겉모습만 보고 공격하다 죽게 되었는데 결국 마운틴 래빗은 비밀 던전에서 건드리면 안되는 몬스터로 지정 되었다.

'토끼 자체로는 위협적이지 않다. 하지만……!'

외모부터 전혀 강해 보이지 않는 이 몬스터는 한 마리를 공격할 경우 셀 수 없이 많은 토끼들이 동시에 공격해 오는 특성이 있었다.

'일단 타겟을 목표로 하면 죽을 때까지 따라온다. 그리고 그 숫자는 무려 일만!'

마운틴 토끼의 또 다른 별명은 일만 토끼였다.

그 이유는 바로 일단 토끼가 공격을 받으면 무려 일만 마리의 토끼들이 나타나 공격을 가하게 되었고 던전 안에서 토끼로부터 달아날 수 있는 방법은 동굴 안으로 들어가는 방법 밖에 없었다.

토끼의 유일한 공격은 두 눈에서 마나빔을 뿜어내는 것뿐이었는데 한 마리 토끼의 위력은 결코 강하다고 할 수 없었지만 수백 수천 마리의 토끼들이 동시에 쏘아대는 공격을 막아낼 수 있는 스킬은 존재하지 않았다.

'상대는 절벽 끝. 동굴로는 피할 수 없다.'

계획을 세운 한성은 곧바로 가벼운 공격을 토끼에게 날렸다.

최소한의 힘으로 공격했음에도 토끼는 힘없이 날아가 버렸고 곧바로 예상했던 기계음이 귀속으로 울려 퍼졌다.

[토끼 떼가 나타났습니다! 토끼의 숫자는 일만 마리! 동굴 안으로 피신하기 전 까지 토끼들은 공격을 멈추지 않습니다!

기계음이 끝나는 순간이었다.

엎어졌던 토끼가 벌떡 일어났다.

조금 전에 귀여워 보이던 토끼의 모습은 어디에도 보이지 않고 있었고 온 몸을 검게 바꾼 토끼의 눈에서 빔이 쏘아지기 시작했다.

촤아아앗!

가볍게 고개를 흔들어 마나빔을 피하는 순간이었다.

어디에 있었는지 사방에서 검은 색의 토끼들이 몰려들기 시작했다.

바퀴벌레 떼를 연상케 할 정도로 일만 마리의 토끼들은 한성 한명을 향해 달려오기 시작했다.

토끼의 눈이 번쩍 거리는 순간 한성은 재빨리 속공을 사용해 달려가기 시작했다.

'토끼가 낼 수 있는 속공은 무려 3이다.'

속공 3으로 달려오는 일만 마리의 토끼에게 한번 휩쓸려 버리면 아무리 한성이라 하더라도 쉽지 않다는 것을 안 한성은 토끼 보다 한 단계 높은 속공 4를 사용하며 달리기 시작했다.

속공 4를 사용해서 달아나고 있는 한성의 뒤로 토끼 떼들은 추격을 시작했다.

아슬아슬 하게 사정거리를 벗어난 채 달려가고 있는 한성과 사도가 있음을 알리는 새 와의 거리가 가까워지고 있었다.

곧 함정이 나타날 거라 생각한 한성의 눈이 반짝였다.

'디텍트!'

〈트랩 디텍터〉

설명: 1분간 설치되어 있는 함정 스킬을 파악합니다. 쿨타임 25시간.

특징: 함정이 공격 가능한 거리를 표시해 줍니다. 함정에 대한 방어 기능은 없습니다.

한성의 눈에서 스킬이 발산 되는 순간 나무 곳곳에 숨어 있는 스나이핑 함정과 알리미 함정이 보이기 시작했다.

함정의 숫자는 상당히 많았는데 얼마 떨어지지 않은 곳에서 스나이핑의 거리를 나타내 준다는 듯이 붉은 색의 공간이 보이고 있었다.

붉은 색 공간이 눈앞에 보이는 순간 한성은 나무를 향해 두 팔을 뻗었다.

촤르르르릇!

한성의 손에서 뻗어나간 사슬이 나무를 휘감으며 한성의 몸을 나무 위로 끌어 올렸다.

'쉴드!'

나무 위로 올라간 한성이 곧바로 팔에 쉴드를 만들어내는 순간이었다.

피슝! 피슝!

사정거리에 닿은 토끼들은 공격을 쏟아내기 시작했다.

수십 발이 명중되며 쉴드는 얼마 버티지 못할 것처럼 보이고 있었지만 한성은 여전히 움직이지 않고 있었다.

한성이 시선이 뒤로 끝없이 따라오고 있는 토끼들로 향했다.

한성을 명중시키기 위해서는 사정거리 이내로 들어와야 했는데 주변의 공간은 이미 토끼들로 가득 메워진 상황이었다.

뒤쪽에서 달려온 토끼들의 숫자가 더 많아 질수록 한성 근처로 몰려들고 있던 토끼들은 점점 더 스나이핑 덫의 사정거리와 가까워지고 있었고 첫 번째 토끼가 붉은 색 존으로 들어가는 순간이었다.

피슝!

퍼어어억!

스나이퍼의 총이 명중 되듯이 토끼의 몸은 그대로 터져 버리고 있었다.

한쪽 나무위에서 설치해 놓은 스나이핑 덫이 토끼의 몸을 정확하게 명중시키고 있었다.

피슝! 피슝! 피슝!

동료가 죽었음에도 불구하고 토끼들은 여전히 몰려들고 있었고 스나이핑 덫은 바쁘게 움직이기 시작했다.

피슝! 피슝! 피슝!

마치 스나이퍼가 저격을 하 듯이 마나 빔들은 끊임없이 쏟아져오고 있었는데 무려 열 두 개나 되는 스나핑 스킬들은 쉴 새 없이 토끼들의 몸을 명중시키기 시작했다.

한발 한발의 위력은 상당한 위력이었지만 거대 파도처럼 밀려드는 토끼에게는 돌멩이 하나를 던지는 수준 이었다.

스나이핑 덫의 장점은 강한 위력을 정확하게 명중시킬 수 있다는 점 이었는데 아무리 사도가 만들어낸 덫이라 할지라도 한방에 한 마리씩 명중시키는 느린 공격으로는 지금처럼 많은 숫자를 감당해 낼 수는 없었다.

양 팔의 쉴드로 몸을 보호하고 있던 한성은 토끼들을 살펴보았다.

아직까지 토끼들은 자신들을 향해 공격을 퍼붓고 있었지만 곧 타겟팅이 바뀔 거라는 사실을 한성은 알고 있었다.

그때였다.

지금까지 한성만을 바라보고 있던 토끼들의 시선이 바뀌었다.

'됐다!'

마운틴 래빗은 처음 공격한 자가 죽을 때까지 공격만을 했는데 중간에 더 강한 공격이 동료를 공격하게 된다면 그 대상으로 공격성이 바뀌었다.

지금 공격을 한 것은 덫 이었지만 산토끼들의 공격성은 덫을 설치한 자인 디랜드에게 자동으로 공격성을 바꾸기 시작했다.

곧바로 공격을 하고 있던 토끼들 중 한마리가 한성은 내버려 둔 채 디랜드가 있는 곳으로 방향을 바꾸었다.

첫 번째 토끼가 방향을 바꾸자마자 언제 한성을 공격했냐는 듯이 주변을 맴돌고 있던 토끼들역시 전력으로 디랜드가 있는 곳으로 질주하기 시작했다.

한성은 순식간에 멀어져 가는 토끼들을 바라보았다.

함정은 스나이핑 뿐만이 아니었다.

쾅! 쾅! 쾅!

지뢰가 터지듯이 지상에서 덫이 발산되는 것과 동시에 토끼들의 몸은 산산 조각 나고 있었다.

지상에도 함정은 깔려 있었고 토끼들의 몸은 시체 조각조차 찾을 수 없을 정도로 산산조각나고 있었지만 토끼들의 질주는 끝나지 않고 있었다.

NPC에게 두려움이라고는 없었다.

지뢰를 제거 하듯이 토끼들은 멈추지 않고 달려 나가고 있었다.

아직 사도의 모습이 보이지도 않고 있었지만 어디에 있는지 알고 있다는 듯이 토끼들은 정확하게 디랜드와 마키온이 있는 곳으로 질주하고 있었다.

터진 댐에서 쏟아져 나오는 물처럼 토끼들의 진군이 이어지는 가운데 한성은 천천히 나무에서 내려왔다.

피슝! 피슝!

이 순간에도 스나이핑 덫은 토끼들에게 공격을 퍼붓고 있었는데 한성의 손이 움직였다.

휘이이익!

한성의 손에서 단검이 번쩍이는 순간 스나이핑 덫은 그대로 명중되며 파괴되고 있었다.

덫이라는 무기는 상대가 모를 때 그 위력을 발휘 할 수 있었는데 지금처럼 완전히 모습을 드러낸 상황에서는 전혀 위협을 줄 수 없었다.

팡! 팡! 팡!

마치 다트 놀이를 하 듯이 집어 던지는 한성의 단검에 스나이핑 덫은 하나 둘 씩 사라지고 있었다.

열 두 개의 덫을 제거하자 더 이상 스나이핑 덫은 보이지 않고 있었다.

바닥에 깔려 있었던 지뢰 역시 토끼들이 제거 해 버렸고 사도로 가는 길에 더 이상 함정은 없었다.

아직 자신의 곁으로는 토끼들이 지나쳐 가고 있었지만 그 어떤 토끼도 한성에게 공격을 하는 토끼는 없었다.

마치 한성이 토끼들을 소환 한 것처럼 토끼는 대군이 되어 자신을 응원하고 있었고 검을 빼든 한성은 사도가 있는 곳을 향해 천천히 걷기 시작했다.

한성이 토끼들을 이끌고 근처에 도착했을 때.

사도 디랜드의 눈이 커졌다.

요란스럽게 알리미의 덫이 울려 퍼지기 시작했다.

[적 출현! 5M!]

[적 출현! 12M]

'왔다!'

디랜드와 마키온이 준비를 하는 순간이었다.

준비태세를 갖추려는 순간 두 사도의 몸은 굳은 듯이 멈추었다.

한번 울려야 할 알리미의 덫은 귀를 찢을 정도로 연이어 쏟아져 오고 있었다.

이렇게 연이어 알리미 덫이 울린다는 것은 수백 아니 수천 명이 왔다는 걸 의미했는데 전혀 예상치 못한 일에 사도들은 당황했다.

'이런!'

알리미의 덫이 잘못 된 것이 아니라는 듯이 지상에 장착해 놓은 덫이 작동하는 소리가 연이어 울려 퍼졌다.

팡! 팡! 팡!

자신이 설치해 둔 지뢰가 연이어 터지는 소리에 마키온은 크게 당황해 하고 있었다.

이렇게 까지 동시에 연이어 지뢰가 터진 다는 것은 함정에 걸린 상대가 멈춤 없이 달려오고 있다는 것을 의미했는데 이건 상상 조차 할 수 없었던 일 이었다.

"뭐, 뭐야? 어째서?"

"한명이 아니야?"

[스나이핑 덫! 작동합니다!]

[스나이핑 덫! 작동합니다!]

디랜드의 얼굴에는 좀처럼 볼 수 없는 불안함이 가득 서리고 있었다.

'당했다!'

분명 비밀 던전으로 들어올 수 있는 혁명단의 숫자는 10명에 불과했다.

허나 지금 스나이핑 덫은 마치 1000명의 대군이 온 것처럼 사정없이 마나 빔을 쏘아대고 있었다.

분명 실력자는 단 한명 뿐이라 생각했는데 지금 알리미의 덫이 알리고 있는 적은 마치 수백 명이나 되는 것처럼 느껴지고 있었다.

마키온이 당황하며 말했다.

"뭐야? 이게 어떻게 된 거야? 수백 명이 온 건가?"

이 둘은 잘못 알고 있었다.

상당한 숫자가 오고 있다는 것은 맞았지만 지금 이들에게 오는 토끼의 숫자는 수백 명이 아니라 일만 마리였다.

당황해 하는 마키온과는 다르게 디랜드는 냉정하게 생각하고 있었다.

'분명 들어올 수 있는 사람의 숫자는 10명. 덫이 잘못 작동될 리는 없으니 지금 다가오는 것은 분명 NPC다. 하지만 어째서?'

마운틴 토끼의 특징을 알지 못했으니 아무리 디랜드라 하더라도 지금의 상황을 파악할 수는 없었다.

상황이 예상과 다르게 흘러가고 있는 가운데 눈앞을 가린 수풀이 흔들리기 시작했다.

무언가 무리를 지어 빠르게 다가오고 있다는 듯이 나무와 수풀은 요동을 치고 있었고 디랜드와 마키온은 마나 쉴드를 생성하며 말했다.

"온다! 준비해!"

"뭔지는 모르겠지만 먼저 날려 버린다!"

허공에 만들어진 마나 쉴드가 두 사내의 몸을 보호하고 있는 가운데 곧바로 두 사도의 손에서 섬광이 번쩍이기 시작했다.

촤아아앗!

촤아아아앗!

콰과과광!

거대한 섬광이 눈앞의 나무와 수풀을 날려 버리는 순간이었다.

두 사내가 잔뜩 긴장하고 있는 가운데 마침내 몬스터의 존재가 눈앞에 나타났다.

마키온과 디랜드의 눈이 커졌다.

지금 이들이 놀라고 있는 이유는 강한 몬스터를 보았기 때문이 아니었다.

"토, 토끼?"

어이 없게도 지금 등장한 몬스터는 하급 던전에서나 볼 법한 토끼 몬스터였다.

잔뜩 긴장했던 가운데 나온 몬스터가 고작 토끼라는 사실에 마키온의 긴장이 풀리는 순간이었다.

타겟을 본 토끼의 눈이 번쩍였다.

피슝! 피슝!

연이어 도착한 토끼들은 제 자리에 멈추며 마키온과 디랜드를 향해 섬광을 쏟아 붓기 시작했다.

"이크!"

갑작스러운 토끼의 공격에 마키온은 순간적으로 움찔한 순간 마나 쉴드를 때리는 소리가 요란하게 울려 퍼졌다.

챙! 챙! 챙!

토끼의 초라한 섬광은 전혀 타격을 주지 못한 채 마나 쉴드에 막혀 버렸고 곧바로 마키온의 팔이 움직였다.

"꺼져라!"

우우우웅!

사도의 능력을 보여 준다는 듯이 스태프의 끝에는 거대한 불기둥이 솟구치고 있었다.

촤아아아아앗!

마치 빗자루로 쓸어버리기라도 하는 듯이 스태프의 끝에서 화염이 휘몰아치자 순식간에 눈앞에 있는 토끼들은 잔해조차 남기지 않고 소멸되어 버렸다.

"감히 토끼 따위가!"

토끼 라는 하찮은 몬스터에 순간적으로나마 위축되었다는 사실에 분한 듯이 사도는 연이어 스태프를 휘둘렀는데 스킬이 끝나는 순간이었다.

"흐흐흐. 으음?"

단번에 쓸어버렸다는 사실에 흘리고 있던 웃음은 얼마 가지 못했다.

놀랍게도 토끼들은 끝도 없이 달려오고 있었다.

이미 수백 마리는 녹여 버렸다고 생각했는데 지금 눈앞에는 이제 시작이라는 듯이 토끼들의 행군이 이어져 오고 있었다.

사정거리에 닿은 토끼의 눈은 어김없이 섬광을 발산하였다.

피슝! 피슝!

'이익!'

마키온은 또 다른 스킬을 꺼내어 들었다.

한손에든 스태프에서는 섬광이 그리고 다른 손에서는 화염구를 연이어 던지는 마키온의 공격에 또다시 토끼들은 학살당하고 있었다.

쾅! 쾅! 쾅!

마키온은 사정없이 스킬을 남발하며 토끼들을 날려 버리고 있었지만 뒤쪽의 디랜드는 마나 쉴드만을 만들어 놓은 채 섣불리 스킬을 사용하지 않고 있었다.

디랜드의 얼굴에도 초조한 기색이 감돌았다.

한방에 수 십 마리씩 재가 되어 사라지고 있었지만 끝이 보이지 않는다는 것이 문제였다.

토끼 따위에게 죽을 리는 없었지만 마키온의 손은 아주 미묘하지만 조금씩 느려지고 있었다.

'이건 아니다. 고작 토끼 따위에게 스킬을 낭비하게 되었다. 스킬을 낭비한 상황에서 쿨 타임이 걸려 버렸으니 이런 상황에서 그 놈을 만난다면 곤란해진다. 아! 이것 역시 상대가 의도한 건가? 하지만 어떻게?'

의문과 복잡한 생각이 교차하고 있었지만 지금 생각할 시간 따위는 없었다.

정신없이 두 팔을 움직이고 있는 마키온의 손은 미묘하게나마 늦어지고 있었다.

피슝! 피슝! 피슝! 피슝!

챙! 챙! 챙! 챙!

마키온의 공격이 늦어질수록 토끼들이 쏘아 대는 공격은 하나 둘 씩 마나 쉴드에 명중되고 있었다.

아직은 버틸 수 있었지만 계란으로 바위 치기처럼 보였던 토끼의 공격은 조금씩 마나 쉴드에 금을 내고 있었다.

다급해진 마키온이 디랜드에게 외쳤다.

"뭐해! 죽여!"

마키온의 외침에 디랜드 역시 손을 움직이며 스킬을 발산했지만 비장의 스킬들은 철저하게 아끼고 있었다.

지금 디랜드의 눈에는 토끼가 보이지 않고 있었다.

'어쩌면 이것도 속임수? 아무리 강해도 스킬을 사용하는 것에는 한도가 있다. 쿨 타임이 오고 마나의 기운이 떨어지면 그 다음에 기다리는 것은 죽음뿐. 설마 이걸 노리고 기다리고 있는 건가?'

디랜드는 토끼가 있는 수풀 쪽을 살펴보았다.

상대의 모습이 보이지는 않고 있었지만 분명 어딘가에서 자신의 모습을 살펴보고 있을 거라는 느낌은 강하게 들고 있었다.

디랜드는 재빨리 고개를 돌려 절벽을 바라보았다.

비밀 던전이 아니었다면 아티팩트나 세이프 타워로 빠져나갈 수 있었겠지만 지금 이곳은 비밀 던전 이었다.

더구나 뒤쪽을 방어하기 위해 절벽 앞쪽에서 대기하고 있었으니 달아날 곳이라고는 절벽 위쪽 밖에 없었다.

'달아날 곳은 절벽 위 밖에 없다. 설마 저곳에도 함정이?'

만일의 사태에 대비해 절벽위로 달아날 생각을 하며 디랜드가 절벽 위쪽을 바라보는 순간이었다.

머리 위에서 날아다니고 있던 두 마리 새 중 한 마리의 날개에 빛이 번쩍이는 것이 보였다.

빛이 번쩍이는 순간 순간적으로 눈에는 보이지 않았던 배리어가 나타났고 새는 한쪽으로 튕겨나가고 있었다.

'허억!'

절대자의 탑을 보호하고 있는 배리어와 똑같은 배리어를 보는 순간 디랜드의 온몸에 소름이 돋았다.

그 어떤 스킬로도 뚫을 수 없는 배리어가 뒤를 막고 있으니 이들에게 달아날 곳이라고는 없었다.

'놈은 알고 있구나!'

한성을 잡기 위해 파 놓은 계획은 오히려 이 둘의 발목을 잡고 있었다.

완벽하게 함정에 걸려들었다는 사실에 디랜드의 스킬이 발산되기 시작했다.

디랜드가 소리쳤다.

"서둘러! 빠져나간다!"

디랜드의 함성이 울려 퍼지는 순간 한성은 멀찌감치 떨어진 곳에서 토끼들의 공격을 바라보고 있었다.

무언가 눈치 챘다는 듯이 디랜드가 소리치며 움직이는 가운데 한성의 시선은 디랜드에게 집중되고 있었다.

예상대로 두 명의 사도들은 토끼들에게 애를 먹고 있었

는데 전력으로 스킬을 쏟아 붓고 있는 한명과는 다르게 다른 한명은 아직까지 중요 스킬을 감추고 있었다.

'둘 다 사도. 하지만 뒤쪽이 더 강하다!'

갑작스러운 공격에도 스킬을 아끼고 주위를 살펴보는 디랜드의 모습에 어느 쪽이 더 위험한지는 단번에 파악할 수 있었다.

한성은 뒤쪽을 바라보았다.

끝날 것 같지 않았던 토끼의 행군의 끝을 보이고 있었다.

'가장 좋은 것은 이들이 그냥 이대로 토끼 떼에 죽는 것. 하지만······.'

아직까지 토끼들은 수천마리가 남아 있었는데 스킬을 감추고 있는 사도의 분위기로 보아 토끼 떼로 끝날 수는 없을 것 같았다.

한성이 이런 생각을 하는 순간 거센 기운이 몰아치기 시작했다.

디랜드는 아껴 두었던 스킬들을 뿜어내기 시작했는데 마키온의 체력은 벌써 떨어지고 있었다.

"제길! 이따위 잡 토끼들에게!"

챙! 챙! 챙!

사정거리 이내로 들어온 수백 마리의 토끼들이 동시에 내뿜는 공격은 수백발의 마나빔을 쏟아내고 있었고 금이 가고 있던 마나 쉴드가 붉은 색으로 달아오르고 있었다.

"아악! 버티지 못한다!"

마나 쉴드에 명중되는 토끼의 공격 소리는 계속해서 들려오고 있었고 마침내 마나 쉴드는 토끼들의 공격에 깨져 버리고 말았다.

챙그랑!

토끼 몬스터의 승리였다.

마나 쉴드가 산산조각난 순간이었다.

토끼 빔들이 쏟아져 오는 가운데 아무리 디랜드라 하더라도 더 이상 비장의 스킬을 숨겨 둘 수는 없었다.

'어쩔 수 없군!'

결심을 굳힌 디랜드는 아껴 두었던 자신의 비장 스킬을 꺼내들었다.

"소환!"

디랜드의 앞으로 거대한 포탈이 생겨났다.

포탈은 주변을 빨아들인다는 듯이 거대한 바람을 일으키고 있었는데 토끼 몬스터들의 공격은 하나 같이 포탈 속으로 빨려 들어가고 있었다.

한성의 눈이 커졌다.

지금 까지 소환사들은 대부분 포탈에서 몬스터들을 끌어내는 것이 대부분 이었는데 지금 포탈은 일반적인 포탈과는 달랐다.

소환할 소환수가 나오기 전까지 공격은 흡수한 다는 듯이 토끼의 공격은 모두 다 흡수 되듯이 빨려 들어가고 있었다.

'이! 이건!'

지금 디랜드가 사용한 스킬은 회귀 전에 단 한번 밖에 본 적이 없는 소환사 최강의 스킬이었다.

한성의 기억 대로였다.

크르르르릉!

포탈에서 나온 소환수는 거대한 레드 드래곤의 머리였다.

다른 소환수들과는 다르게 머리만 등장한 소환수였지만 그 위력은 그 어떠한 소환수 보다 더 강력했다.

드래곤의 입에서 뜨거운 기운이 휘몰아치는 순간이었다.

촤아아아아아앗!

눈 앞의 토끼뿐만 아니라 보이는 모든 것들이 순식간에 녹아내리고 있었다.

디랜드가 노리는 것은 단순히 눈앞의 토끼뿐이 아니었다.

디랜드는 한성이 근처에 숨어 있다는 사실 까지 알고 있었다.

'어디에 있는 지 알 수 없다면 모두 다 불태워 버리겠다!'

드래곤의 브레스가 뿜어져 나오는 가운데 한성은 속공을 최대한 도로 끌어 올렸다.

'속공!'

촤아아아아앗!

한성의 발끝에서 마나의 기운이 번쩍이며 한성의 몸은 날다시피 하며 뛰어 올랐다.

소환수를 컨트롤 하고 있던 디랜드의 눈이 번쩍였다.

"나왔구나!"

재빨리 스태프를 들어 올리는 것과 동시에 드래곤의 머리가 한성을 향해 겨누어지는 순간이었다.

디랜드의 입에서 공포에 가까운 비명이 튀어 나왔다.

"허억?"

속공을 사용한 한성이 뛰어 오른 곳은 놀랍게도 소환수의 머리 윗부분이었다.

'레드 드래곤의 약점!'

한성의 유니크 검이 그대로 레드 드래곤의 머리를 내리찍었다.

촤아아아앗!

유니크 검이 드래곤의 머리에 나 있는 주름을 따라 그어지는 순간이었다.

갈라진 드래곤의 머리 위로 빛이 뿜어져 나오며 드래곤의 머리가 갈라지고 있었다.

"크어어어어어어!"

소환된 드래곤이었지만 고통을 느낀다는 듯이 드래곤의 울부짖는 소리가 귀를 찢을 듯이 울려 퍼졌다.

"허엇!"

디랜드의 온 몸은 전율에 휩싸였다.

'어떻게 약점을?'

보통 이런 거대 소환수를 본 다면 상대는 겁을 먹으며 달아나는 것이 일반적이었다.

브레스를 내뿜고 있는 소환수를 향해 뛰어든다는 것은 감히 상상 조차 할 수 없었는데 놀랍게도 한성은 드래곤을 향해 뛰어 올랐을 뿐 아니라 약점 부위 까지 파악하고 있었다.

디랜드가 놀라는 순간에도 한성의 확장된 유니크 검은 드래곤의 머리를 가르고 있었다.

촤아아아앗!

실제 레드 드래곤이라 한다면 이 정도 공격으로 어림도 없을 것이 분명했지만 소환 시켜 나온 레드 드래곤은 실제 레드 드래곤의 절반 정도 밖에 되지 않는 능력이었다.

물론 절반 정도 밖에 되지 않는 능력이라 하더라도 현존하는 그 어떤 소환수 보다 강한 것은 사실이었지만 약점을 공략하고 있는 한성의 유니크 검은 드래곤의 머리를 찢어 버리기에 충분했다.

"이, 이런 일이!"

디랜드의 손에는 충격이 그대로 전달해 져오고 있었다.

소환수가 얼마나 큰 타격을 입는지 스태프에 전해져 오는 진동을 통해 알 수 있었는데 지금 디랜드의 손에는 단 한 번도 느껴본 적 없는 거대한 진동이 울리고 있었다.

드래곤의 머리가 갈라지는 순간이었다.

곧바로 드래곤의 머리를 가르며 뛰어내린 한성의 검은 멈추지 않고 마키온으로 향하고 있었다.

한성의 실력에 놀라고 있던 마키온의 눈이 커졌다.

"어어어엇!"

한성의 검은 확장된 채 드래곤을 가르고 나온 유니크 검이었다.

드래곤의 머리마저 갈라버린 유니크 검 이었으니 사도의 면역 쉴드 정도는 아무것도 아니었다.

촤아아아아앗!

챙그랑!

면역 쉴드가 무색할 정도로 한성의 검은 단번에 마키온의 몸을 갈라놓았다.

"크어어어억!"

단칼에 마키온을 찍어 누른 한성의 시선은 곧바로 디랜드에게로 향했다.

디랜드는 재빨리 소환수를 해제하고 다른 스킬을 시전하려 하고 있었는데 그의 시선은 한성의 유니크 검으로 향하고 있었다.

'유니크 검! 면역 쉴드를 파괴할 수 있다!'

한성이 검을 빼들고 달려 나가는 순간이었다.

디랜드의 수인이 바쁘게 움직이기 시작했다.

'으음?'

화르르르릇!

눈에 보이지도 않는 스킬이 발산되었다고 느껴지는 순간이었다.

한성의 손에 허전함이 전해져왔다.

순간적으로 반응을 할 새도 없이 한성의 손에 있던 유니크 검이 사라져 버렸다.

순식간에 검이 사라져 버렸지만 상대가 어떤 스킬을 사용했는지는 이미 알고 있었다.

'스틸 스킬?'

상위 스킬 중에도 최상위에 있는 스틸 스킬을 상대는 가지고 있었다.

〈스틸 Steal〉

설명: 귀속과 상관없이 2M 이내에 있는 상대의 무기나 아이템 하나를 빼앗습니다. 쿨타임 24시간.

특징: 인벤토리에 있는 아이템은 빼앗을 수 없습니다. 귀속된 아이템을 뺏을 수는 있어도 착용할 수는 없습니다.

디랜드는 한성의 유니크 검이 가장 위협적이라는 사실을 알고 있었다.

면역 쉴드를 무용지물로 만들어 버리는 유니크 검만 없다면 해 볼 수 있다는 생각에 디랜드는 자신이 가지고 있는 스킬 중 스틸 스킬을 사용해 한성의 유니크 검을 빼앗았다.

한성의 검이 디랜드의 손에 빨려 들어간 순간이었다.

예상했던 기계음이 디랜드의 귀에 울려 퍼졌다.

[귀속 아이템! 착용하실 수 없습니다!]

빼앗은 유니크 검은 당연히 귀속이 되어 있었고 마치 보호망이 설치되어 있다는 듯이 디랜드는 유니크 검을 쥘 수 조차 없었지만 이것 역시 이미 예측한 사실 이었다.

디랜드는 획득한 검을 쳐다보지도 않은 채 마나의 기운을 사용해 유니크 검을 멀리 던져 버렸다.

'네 놈에게는 면역 쉴드가 없어!'

면역 쉴드를 무력화 시킬 수 있는 검만 없으면 충분히 승산이 있다고 생각한 디랜드가 또 다른 스킬을 발산하려는 순간이었다.

빈 손이 된 한성이 사용할 수 있는 스킬은 하나 밖에 없었다.

'격투가!'

촤아아아앗!

불꽃이 한성의 몸을 휘감으며 주먹이 그대로 뻗어오고 있었지만 디랜드는 오히려 정면으로 달려들고 있었다.

'멍청한 놈! 주먹으로는 면역 쉴드를 깰 수 없다!'

어느새 디랜드의 손에는 거대한 화염구가 생성되어 있었다.

상대의 공격에 명중된다 하더라도 면역 쉴드는 보호해 줄 것이 분명했고 상대는 면역 쉴드가 없을 것이 분명했다.

"끝이다!"

오른손에 생성된 화염구를 그대로 한성의 머리를 향해 처박으려는 순간이었다.

스르릇!

"으음?"

한성은 상대의 의도를 읽고 있었다.

'속공!'

아주 짧게 디랜드의 몸이 멈칫 거렸다.

기본 능력을 두 배로 늘려주는 격투가 스킬에 최대 속공이 더해지자 한성의 몸은 순식간에 사라져 버렸다.

'사라졌? 아니다!'

어느새 머리 위로 뛰어 오른 한성의 발차기가 그대로 디랜드의 머리를 강타했다.

챙! 챙! 챙!

격투가의 연타 스킬이 발동되는 것과 동시에 면역 쉴드가 차감되는 소리가 울려 퍼지고 있었다.

"크으으으윽!"

디랜드의 몸은 뒤로 튕겨 나갔다.

충격에 밀리기는 했지만 면역 쉴드 덕분에 피해는 없었다.

아직까지 디랜드의 눈은 한성을 놓치지 않고 있었다.

오른손에 모여 있던 화염구는 충격으로 사라져 버렸지만 왼손에 준비하고 있던 스킬은 그대로 발산되었다.

디랜드는 마치 호랑이가 앞발을 든 것처럼 왼 손을 허공을 향해 내리찍었다.

촤아아아아앗!

순간적으로 호랑이의 울부짖음이 들려오는 것과 동시에 앞발을 내리찍는 호랑이의 앞발이 보였다.

'범의 발톱!'

호랑이의 울부짖음을 듣는 순간 상대가 어떤 스킬을 썼는지는 알 수 있었다.

5M 크기는 될 듯 한 거대한 발톱이 한성을 향해 내리찍는 순간이었다.

'벗어나야 해!'

5M 이내에 있는 적에게 무조건 명중되는 스킬이라는 사실을 알고 있는 한성은 재빨리 튕기듯이 뒤로 몸을 날렸다.

촤아아아앗!

아슬아슬하게 발톱이 한성의 가슴을 스치고 가는 순간이었다.

가슴의 방어구가 그대로 찢어지며 피가 튀어 올랐지만 상처를 볼 여유는 없었다.

그때였다.

촤아아아아앗!

한성이 방어 태세를 갖추기도 전에 사슬이 날아들어 한성의 몸을 감싸 버렸다.

한성이 사용하는 사슬처럼 어느새 상대 역시 사슬을 사용하고 있었다.

순식간에 한성의 몸은 묶여 버렸고 격투가 스킬을 사용

하고 있었지만 몸을 움켜 쥔 사슬은 풀어지지 않고 있었다.

마법사 계열로 보였던 디랜드의 손에는 어느새 딜러들이나 사용하는 사슬이 장착되어 있었다.

"이리 와!"

한성의 몸을 묶은 사슬이 줄어들며 순식간에 한성의 몸은 디랜드에게 당겨지고 있었다.

"그리고 죽어!"

오른손에 모여 있던 화염구를 내리찍으려는 순간이었다.

휘리리릭!

한성의 손에서 뻗어 나온 사슬 세 개가 화염구를 들고 있는 디랜드의 손 전체를 감싸 버렸다.

사슬을 장착하는 순간 격투가 스킬이 깨져 버리기는 했지만 양 손에서 갈라져 나간 사슬 세 개는 그대로 디랜드의 손을 꽁꽁 묶어 버렸다.

한성의 목적은 디랜드의 팔을 붙잡는 데에 있지 않았다.

디랜드의 팔을 감고 올라간 사슬들은 화염구 전체를 감싸고 있었는데 마치 수박을 터뜨려 버리겠다는 듯이 사슬들은 화염구를 압박하고 있었다.

팽팽하게 사슬로 이어진 서로의 몸이 얽혀 있는 상황에서 마나의 기운이 사슬을 타고 올라가기 시작했다.

"어엇?"

순간적으로 디랜드의 시선이 한쪽 손으로 향하는 순간이었다.

한성의 또 다른 손에 있던 사슬이 디랜드의 몸을 타고 올라 목을 조이기 시작했다.

"커어억!"

목이 조여 오며 완벽하게 몸을 제압당한 순간 감당할 수 없는 힘이 디랜드의 오른손에 쏟아져 왔다.

'안 돼!'

재빨리 화염구를 취소시키려 했으나 이미 늦었다.

퍼어어어펑!

오른손에 준비하고 있던 화염구는 그대로 터져 버렸고 디랜드의 오른손은 그대로 날아가 버리고 있었다.

"크아아아악!"

오른 손이 날아가는 순간 한성의 몸을 죄고 있던 사슬이 느슨해졌다.

한성이 힘을 주자 사슬은 풀려져 버렸고 어느새 한성의 양 손에는 단검이 들려 있었다.

상대의 틈이 보이는 순간 단검은 가차 없었다.

타타닥! 타타닥!

챙! 챙! 챙! 챙! 챙!

연타 스킬이 있는 켈로비스의 단검은 사정없이 면역 쉴드를 차감했고 마침내 단검은 디랜드의 심장에 꽂혔다.

"우우욱!"

디랜드의 비명 소리가 들려오는 가운데 한성은 더욱더 깊숙이 단검을 꽂아 넣고 있었다.

최후를 직감한 디랜드는 한성의 얼굴을 바라보았다.

"이, 이게 인간의 절대자!"

믿기지 않는 다는 듯이 한성을 순간 무언가를 본 듯이 디랜드의 눈이 커졌다.

"이, 이건!"

곧이어 디랜드는 고개를 숙이며 힘없이 중얼거렸다.

"아! 그랬구나."

뜻 모를 말을 남긴 디랜드는 곧바로 숨을 거두어 버렸다.

한성이 거친 호흡을 가다듬고 있을 때였다.

다른 사도가 죽었을 때와는 다르게 스킬 북 하나가 떠오르고 있었다.

한성의 눈이 커졌다.

일반적으로 플레이어가 죽으면 고가의 스킬과 아이템은 모두 다 사라지는 것이 원칙이었는데 지금은 어찌된 일인지 스킬 북 하나가 찬란한 빛을 발산하고 있었다.

〈스킬 흡수〉

설명: 사망한 타인의 스킬 중 한 개를 흡수할 수 있습니다. 단 최초로 스킬북을 획득했을 경우에는 스킬북을 빼앗긴 플레이어의 스킬 3개를 얻을 수 있습니다. 쿨 타임 120시간.

특징: 흡수한 타인의 스킬은 일회용 스킬로 전환 됩니다. NPC 스킬은 흡수할 수 없습니다. 사망 시 타 스킬 북과는 다르게 소멸되지 않습니다.

특이한 스킬이었다.

지금 눈앞에서 보이고 있는 〈스킬 흡수〉라는 스킬북은 회귀 전에도 가지지 못했던 스킬 북 이었다.

한성의 눈에 일회용이라는 단어가 들어왔다.

모든 스킬은 쿨 타임이 지나면 다시 사용할 수 있었는데 〈스킬 흡수〉 스킬로 얻은 스킬은 자동으로 일회용으로 전환이 되었다.

단 한번 밖에 사용할 수 없는 단점이 있었지만 사망한 플레이어의 스킬을 흡수할 수 있다는 것은 구하기 힘든 스킬을 그냥 얻을 수 있다는 말과 같았다.

한성이 스킬북을 찢자 예기치 못했던 기계음이 울려 퍼졌다.

[상급 스킬 북 〈스킬 흡수〉 스킬을 획득하셨습니다. 원하시는 스킬을 선택하세요.]

놀랄 일이 이어졌다.

죽어 있던 디랜드의 몸이 소멸되는 것과 동시에 허공으로 디랜드가 가지고 있는 모든 스킬 북들이 떠오르고 있었다.

한성은 떠 오른 스킬 북을 향해 한걸음 다가갔다.

디랜드가 가지고 있는 스킬 북들이 한 눈에 보이고 있었다.

마치 선택을 하라는 듯이 수많은 스킬 북들이 허공에 떠 있는 채로 지명 받기를 기다리고 있었다.

한성의 눈이 커졌다.

'스킬을 흡수할 수 있다!'

이건 회귀 전에도 경험해 보지 못한 일이었다.

몇몇 스킬을 제외하고는 대부분 자신이 가지고 있는 스킬이었는데 일단 한성은 자신이 가지고 있지 못한 스킬들로 시선이 향했다.

제일 먼저 선택한 스킬은 자신의 유니크 검을 빼앗았던 〈스틸〉 스킬이었다.

전투 중에 상대의 무기나 방어구를 빼앗을 수 있다는 것은 커다란 장점이었으니 일단 첫 번째로 선택한 스킬은 〈스틸〉 스킬이었다.

곧이어 한성은 다른 두 개의 스킬로 향했다.

'나머지 두 개!'

〈레드 드래곤의 포효.〉

설명: 30초 동안 레드 드래곤의 머리 부분을 소환합니다. 소환을 위해서는 최상급 스태프가 필요합니다. 일회용 스킬.

특징: 드래곤의 브레스는 반경 30M 이내 모든 것을 소멸

시킵니다. 드래곤의 브레스를 막을 수 있는 아이템이나 스킬은 현재 존재하지 않습니다.

〈범의 발톱.〉
설명: 10M 이내에 있는 타겟에게 호랑이 발톱 모양의 마나 공격을 가합니다. 일회용 스킬.
특징: 마나 공격으로 10M 이내에 있는 상대는 무조건 명중하게 됩니다.


일회용으로 쓸 수 밖에 없었으니 여러 번 사용하기 보다는 결정적일 때 한번 사용할 수 있는 스킬을 고르는 것이 우선이었다.
한성은 필살기에 가까운 이 두 개의 스킬을 골랐다.
상황을 정리한 한성은 유니크 검을 챙긴 후 동굴 쪽으로 발걸음을 돌렸다.
예상과는 다르게 사도들이 출현을 했지만 결과적으로는 의외의 스킬을 획득하였고 이제 상급 정수를 얻게 되었으니 결과적으로는 더 절대자에게 가까이 다가가고 있는 느낌이었다.

NEO MODERN FANTASY STORY

**4. 절대자의 역습.**

회귀의 절대자

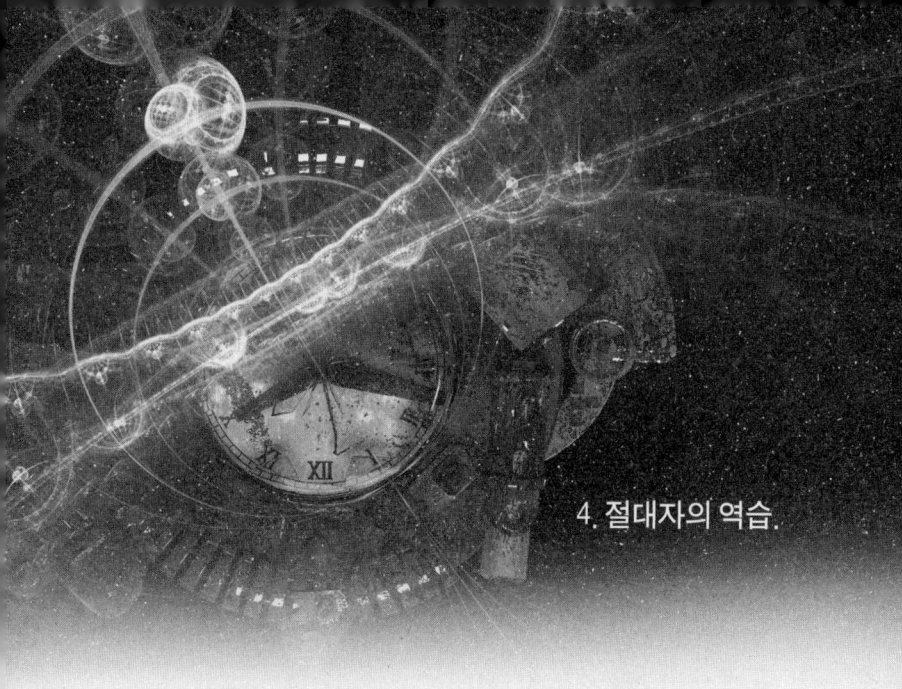

## 4. 절대자의 역습.

 비밀 던전에 들어갔던 사도들이 모두 다 죽음으로서 더 이상의 위험은 없었다.

 동굴로 돌아간 한성은 곧바로 민석 일행과 합류를 했고 최종 보스를 잡기 시작했다.

 예상치 못한 사도들의 등장에 피해가 생겼고 스킬들이 쿨 타임에 걸려 버리는 상황이었지만 이미 보스 몬스터의 공략법을 알고 있는 한성에게 큰 문제는 없었다.

 탱커, 버퍼, 딜러의 모든 조합이 이루어진 상황에서 보스 몬스터의 사냥은 말 그대로 시간문제일 뿐이었다.

 비밀 던전의 최종 보스는 거대한 두꺼비 이었는데 공격력 보다는 철저하게 방어 위주로 시간을 끄는 몬스터였다.

단단한 갑옷과 중간 중간에 등장하는 졸개 몬스터들로 시간을 끌어 보려 했지만 이미 어떤 함정이 있고 어느 타이밍에 어떤 몬스터가 나오는지 알고 있는 한성 일행에게는 전혀 문제될 것이 없었다.

한성이 사도를 물리치고 무사히 돌아왔다는 사실에 대원들의 사기는 최고로 높았고 사도들이 제거된 이상 스킬을 아낄 필요도 없었다.

보스 몬스터라는 사실이 무색하게 비밀 던전의 보스 몬스터는 혁명단이 쏟아 부은 스킬을 몸으로 받으며 사라져 갔다.

몸을 뒤집은 채로 죽은 보스 몬스터의 몸에서는 최상급 정수가 끝도 없이 흘러나왔으며 비밀 던전의 입장 시간이 끝날 때 까지 한성 일행은 최상급 정수를 획득하였다.

비밀 던전의 제한된 시간 탓에 절대자의 탑을 보호하고 있는 배리어를 단번에 제거할 수 있는 만큼의 양을 얻을 순 없었다.

다만 비밀 던전에서 획득한 최상급 정수의 양은 혁명단이 지금까지 보유한 최상급 정수의 양 보다 더 많은 양 이었다.

이정도의 최상급 정수가 모였으면 이제 몇 달 이내에 절대자의 탑을 감싸고 있는 배리어를 뚫을 수 있는 양을 모을 수 있었고 그 말은 절대자와의 대결이 눈앞에 다가왔다는 것을 의미했다.

'과거 보다 훨씬 더 빠르다.'

회귀 전 혁명단이 절대자와의 최후의 승부까지 걸린 시간은 몇 십 년이었는데 그 시간은 크게 단축되었다.

[비밀 던전 입장 시간이 종료되었습니다. 또 만나요~]

기계음이 울리는 것과 동시에 비밀 던전에서 살아남은 자들은 모두 다 자동으로 입장을 한 던전으로 돌아가게 되었다.

던전 30층에서 초조하게 기다리고 있던 혁명단들은 돌아온 한성에게 우레와 같은 박수 소리로 환영을 했다.

오늘 비밀 던전에서 일어난 일은 혁명단에게 큰 획을 긋는 사건이었다.

한성 일행이 혁명단의 환호를 받으며 비밀던전에서 돌아온 후 변화가 일어난 것은 혁명단 뿐이 아니었다.

'인간의 절대자가 나타났다!'

8명의 사도를 제거한 한성은 절대자라는 칭호를 얻기에 부족함이 없었다.

지금 까지 한성에게 절대자라는 칭호를 사용하는 자들은 혁명단뿐 이었는데 비밀 던전에 돌아온 후 어느새 일만 국민들도 한성을 인간의 절대자라고 부르게 되었다.

혁명단은 비밀던전에서 무려 8명의 사도들이 죽었다는 것을 대대적으로 홍보함으로 한성의 실력이 사도들과는 비교할 수 없을 정도로 뛰어나다는 것을 알렸다.

이 부분은 아무리 절대자라 하더라도 감출 수 없는 일이었다.

전 세계 모든 국가에서는 비밀던전에서 일어난 일을 숨기려 했고 한성의 활약을 루머로 취급했지만 이미 죽어버린 사도들을 되살릴 수는 없었다.

결국 진실은 드러날 수밖에 없었고 몇몇 관리자들의 양심 고백으로 잠시 멈칫 거렸던 혁명단의 불꽃은 다시 타오르기 시작했다.

모두가 혁명은 불가능하다고 말했었지만 한성의 연이은 활약으로 분위기는 바뀌기 시작했다.

사도들의 눈치를 보던 거대 길드들도 하나 둘 씩 혁명단에 합류를 하였고 그에 비례하여 혁명단이 점령을 하게 된 던전들의 숫자역시 늘어나고 있었다.

어느덧 인간의 절대자라는 한성의 또 다른 이름은 전 세계 곳곳에 알려지게 되었고 눈에 보이는 인간의 절대자를 눈에 보이지 않는 절대자 보다 더 신봉하는 사람들이 생겨나기 시작했다.

상황이 급진전 되는 가운데 한성은 서두를 생각 이었다.

지금의 자신은 과거의 자신 보다 더 뛰어난 실력을 가지고 있었으니 시간을 끌 이유는 없었다.

과거에도 혁명의 불꽃은 일어났지만 시간이 흐를수록 불꽃은 꺼져만 갔다.

한성은 결심을 다졌다.

'불꽃이 사라지기 전에 끝낸다!'

이제 절대자의 탑에 진출할 시기가 가까워지고 있었다.

❖

비밀던전이 닫힌 후 며칠이 지났다.

소문은 빠르게 퍼지고 있었다.

생존도 뿐만 아니라 비밀 던전에서 사도들이 또 다시 죽음을 당했다는 소식은 결코 감출 수 없는 사건이었고 각국의 관리자들은 큰 혼돈에 빠져 있었다.

혁명단에 이어 국민들도 일어나고 있었고 지금까지 절대자를 신으로 추앙했던 자들 역시 이런 상황에서도 모습을 감추고 있는 절대자에 대해 의구심을 품기 시작했다.

던전 안에서만 숨어서 활동을 하는 저항군들은 서서히 고개를 내밀며 던전 밖 세력을 확장하고 있었고 사도를 잃어버린 전 세계의 관리자들은 당황함을 감추지 못하고 있었다.

생존도에서 마승지가 죽었던 것과는 비교할 수 없을 정도로 더 큰 혼란에 사도들은 또 다시 소집이 되었다.

절대자의 탑.

절대자의 탑에 입장한 포돌스키는 자리에 앉았다.

전과는 다르게 지금 12개의 의자에는 단 4명만이 자리에 착석하고 있었다.

아케온을 제외하고 남은 사도는 포돌스키, 코이바시, 그리고 이스마일 이었다.

사도들의 리더이자 인간들 중에 최고의 위치에 있는

아케온이 말했다.

"비밀 던전에 들어간 사도들은 모두 다 죽었다. 예상대로."

사도들이 여덟 명이나 죽었지만 아케온은 오히려 예상했다는 듯이 말하고 있었다.

"최한성이라고 했던가? 그 동양인 친구가 요즘 인간의 절대자라는 칭호를 받고 있더군. 캘리포니아에서 유니크 검을 빼앗은 것도 모자라 사도들 까지 해치워 버렸으니 이런 소리를 들을 만도 하군. 아! 디랜드도 그에게 죽었을 테니 〈스킬 흡수〉 스킬도 빼앗겼겠군. 어허! 호랑이에게 날개를 달아준 격이 되어 버렸어."

얼핏 들으면 큰 일이 난 것처럼 들리고 있었지만 아케온에게 당황한 표정은 보이지 않고 있었다.

코이바시가 특유의 거대 주먹을 움켜쥐며 말했다.

"마음에 들지 않는 군요. 사도들이 죽은 걸로 저항군들은 아주 기고만장하고 있습니다. 이럴 때야 말로 절대자께서 직접 모습을 드러내야 하는 것 아닙니까? 이렇게 모습을 드러내지 않는다는 것은 적에게 우리가 위축되었다고 말하는 것과 다르지 않습니다!"

코이바시는 아케온이 아닌 계단 쪽을 바라보며 말하고 있었는데 이건 절대자에게 하는 말과 같았다.

그때였다.

아케온은 인상을 찌푸렸고 동시에 이스마일은 고개를 흔들었다.

촤아아아아앗!

어디선가 빛이 번쩍이며 코이바시의 몸을 휘감아 버렸다.

"흐음?"

생전 처음 보는 스킬에 포돌스키의 눈이 커지는 순간이었다.

"우와아아아아!"

코이바시의 입에서 비명이 튀어 나왔다.

어느새 코이바시의 육중한 몸은 뒤집힌 채로 천장에 매달리고 있었다.

"이, 이건!"

포돌스키의 눈에는 코이바시의 몸이 비틀려 지는 것이 보이고 있었다.

'전혀 눈치 채지 못했다! 아니 눈치 채지 못한 것은 둘째 치고 단순히 공중 속박과 유사한 스킬로 보이는데 이 정도 스킬도 풀지 못할 정도로 절대자의 스킬은 다르다는 건가?'

코이바시의 몸은 마비 된 듯이 전혀 움직이지 못하고 있었고 코이바시의 몸을 휘감은 빛은 마치 거대한 뱀처럼 그의 몸을 조이고 있었다.

스킬을 거는 것도 보지 못했고 절대자는 모습을 드러내지도 않고 있었지만 지금 코이바시는 절대자가 자신에게 스킬을 건 사실을 알고 있었다.

"잘, 잘못했습니다! 부디 목숨만은!"

코이바시는 계단을 향해 외치고 있었다.

목숨을 구걸하는 코이바시의 외침이 끝나는 순간이었다.

그의 몸을 휘감고 있던 빛이 천천히 내려오며 코이바시의 몸을 원상태로 돌렸고 곧바로 빛은 사라져 버렸다.

얼굴이 창백해진 채로 코이바시는 거친 숨을 내쉬고 있었고 그는 계단 쪽을 쳐다보지도 못하며 말했다.

"살, 살려주셔서 감, 감사합니다."

"쯧쯧. 주의 하게나. 절대자의 행동은 절대적이라는 사실을."

아케온은 혀를 차며 고개를 흔들고 있었고 이스마일은 담담한 표정을 짓고 있었다.

포돌스키는 생각했다.

'다른 사도와 다르게 이자는 성격이 급하다. 실력으로 따지면 던전에 들어가 죽은 디랜드보다도 급이 떨어진다고 생각 되는데 어찌하여 절대자는 이 자 대신 디랜드를 보냈는지 알 수 없구나.'

이스마일은 담담하게 말했다.

"사도들이 죽은 것 보다 더 문제는 최상급 정수를 저항군이 획득했다고 하더군요. 과장된 소문이라 생각하기는 하지만 절대자의 타워를 보호하고 있는 배리어를 제거할 수 있는 양이라는 말이 있습니다. 어떻게 생전 처음 들어가 본 자가 던전에서 살아 나온 것은 물론이고 사도들을 제거한 것도 모자라 보스 몬스터가 최상급 정수를 준다는 사실까지 알고 있었을까요? 이건 어떻게 된 일인지요? 아케온 님이 아시는 사실이 있다면 감추지 말고 알려 주시기 바랍니다."

아케온이 말했다.

"모든 것은 절대자님의 뜻일 뿐. 나도 그 이상은 모른다네. 다만 내 의견을 말하라면 나는 인간들이 절대자님을 완전한 신으로 생각하기를 원하지 지금처럼 완벽하지 않은 모습을 보기를 원하지 않는다네."

절대자에 대해서 언급하는 것을 꺼려하는 듯이 아케온이 세 명의 사도들을 바라보며 화제를 돌렸다.

"그건 그렇고 절대자께 선택되신 것을 축하하네. 비밀 던전에 끌려 들어가지 않았으니 이건 절대자께서 자네들을 인정해 주었다는 말이야. 자 그럼 기대에 실망하지 않게 준비해 온 것을 보여주게나."

아케온의 말이 끝나자 포돌스키를 비롯하여 다른 두 명의 사도들은 품에서 수정 구슬을 꺼냈다.

수정 구슬은 일종의 영상을 기록하는 장치였다.

본인 외에는 그 누구도 영상의 내용을 공개할 수 없는 탓에 비밀 문서를 보관하는 것에 요긴하게 쓰이는 장치였다.

수정 구슬을 꺼내고 있는 사도들은 서로 놀란 듯이 바라보고 있었다.

이곳에 오기 전 포돌스키는 자신이 계획하고 있는 프로젝트에 대해서 보고하라는 지시를 받았는데 다른 이들 역시 자신이 모르는 프로젝트를 진행하고 있는 것으로 보였다.

"시작하겠습니다."

제일 먼저 포돌스키가 영상을 시작했다.

포돌스키의 손바닥이 수정 구슬을 한번 쓰다듬자 빛이 번쩍이기 시작했다.

촤아아아앗!

허공으로 영상이 뻗어 나오는 순간 모두의 눈이 커졌다.

'이, 이건?"

"에, 에솔릿?"

죽은 줄 알았던 에솔릿이 모습을 보이고 있었다.

거대한 지네의 몸과 두꺼운 등껍질은 한 눈에 보아도 에솔릿임을 알게 했는데 어찌된 일인지 죽은 줄 알았던 에솔릿은 눈앞에서 움직이고 있었다.

"생존도에서 죽은 게 아니었나?"

"이, 이게 어떻게 된 것인가?"

이스마일과 코이바시가 놀라며 포돌스키를 바라보는 순간이었다.

아케온이 말했다.

"아니, 다르다. 지네 몸은 비슷하지만 얼굴 부분과 상반신이 다르다. 여섯 개의 팔 대신 네 개. 그리고 지네 얼굴부분이 인간의 상반신이다. 여자군."

아주 짧은 순간이었지만 아케온은 이미 달라진 점을 파악하고 있었다.

포돌스키가 고개를 끄덕이며 말했다.

"아케온님께서 정확하게 보셨습니다. 새로운 HNPC 한 나를 소개 합니다."

"한나?"

"이름 최한나. 과거 던전 30층에서 현재 저항군의 핵 역할을 하고 있는 한성과 같이 살아 돌아온 여자입니다. 그녀는 HNPC가 되기를 지원했고 에솔릿의 심장을 이용해 복원했습니다."

"뭣이라?"

"이런 일이!"

에솔릿은 죽었지만 그녀의 심장을 이용해서 포돌스키는 또 다른 시도를 했다.

HNPC 프로젝트는 에솔릿 같은 무시무시한 병기를 만들어내기는 했지만 문제는 멘탈 공격에는 큰 약점이 있었다.

상위 멘탈 스킬 중에는 주변의 동료들을 공격하게 하는 스킬까지도 있었는데 만일 에솔릿 같은 HNPC가 이런 스킬에 걸려 아군을 공격한다면 생각만 해도 끔찍한 일이 아닐 수 없었다.

코이바시가 말했다.

"HNPC는 실패한 프로젝트 아닌가? 멘탈 공격…."

"그 부분은 해결했습니다."

코이바시의 말이 끝나기도 전에 포돌스키가 말했다.

"과거 HNPC는 절반은 휴먼 그리고 절반은 NPC였습니다. 즉 1/2이 NPC라는 사실이지요. 하지만 지금 한나는 다릅니다. HNPC 와 인간의 결합입니다. 전 보다 NPC의 피가 더 적습니다. 이 부분으로 멘탈 공격에 대한 대비책이 가능해졌습니다. 이미 실험까지 끝마친 상황입니다."

이스마일이 말했다.

"놀랍군요. 에솔릿의 힘을 유지하고 멘탈공격에 방어까지 된다니 진정한 최종병기가 나온 것 같군요."

영상은 새롭게 태어난 최종병기를 보여주고 있었는데 멘탈 공격을 테스트 받는 부분에서 에솔릿과는 다르게 전혀 영향을 받지 않고 있었다.

곧바로 지네의 몸은 사라졌고 원래 한나의 신체가 보이고 있었는데 겉으로 보아서는 특이할 것 없는 인간 여자의 몸 이었다.

실오라기 하나 걸치지 않고 있는 상황이었지만 한나는 전혀 부끄러움을 느끼지 못한 듯이 한쪽을 응시하고 있었다.

화면상으로는 두꺼운 철문만 보일 뿐 아무도 보이지 않고 있었는데 한나는 철문 밖에 무언가가 있다는 것을 느낀다는 듯이 노려보고 있었다.

포돌스키가 말했다.

"철문 뒤에 적이 있다는 것을 본능으로 느낍니다. 이건 스킬이 아니라 그녀의 감각입니다. 에솔릿은 결코 할 수 없던 일이었지요."

곧바로 철문이 열리며 HNPC들이 등장하기 시작했다.

굳이 설명하지 않아도 어떤 상황인지 알 수 있을 정도로 살벌한 살기가 흐르기 시작했다.

포돌스키가 말했다.

"실패한 HNPC들입니다. 새롭게 만든 최종병기를 테스트 하는 용으로 사용했습니다. 실패작이기는 하지만 나름 준수한 실력을 갖추고 있습니다."

아케온이 고개를 갸웃 거리며 말했다.

"다섯? 일반 관리자라 하더라도 쉽지 않은데? 더구나 변신이 해제된 상황에서 맨몸이라. 기대되는군."

에솔릿 역시 변신을 했을 때 어마어마한 위력을 냈지 인간의 몸을 가지고 있을 때는 일반 관리자 수준 정도 밖에 실력을 내지 못했었다.

흥미롭다는 듯이 모두의 시선이 향하고 있는 가운데 시작과 동시에 HNPC의 선 공격이 쏟아졌다.

촤아아아아앗!

미리 한나에게 타겟팅을 한 듯이 HNPC 다섯 마리는 동시에 한나를 향해 공격을 쏟아내며 달려가고 있었다.

HNPC들은 무장을 한 상태였고 한나는 무기는커녕 방어구도 착용하지 않은 알몸인 상태였는데 놀라운 일이 벌어졌다.

한나의 움직임을 본 아케온이 눈빛을 빛냈다.

"속공의 수준이 다르다."

"스치지도 못하는군."

"현재 보유하고 있는 속공보다 한단계 위의 속도이군요."

당연히 HNPC들은 최대 속공을 끌어 올린 상황이었는데 한나의 속도는 HNPC와는 비교할 수 없을 정도로 빠른 속도였다.

흩어진 상태로 다섯 HNPC의 공격이 사방에서 쏟아지고 있었지만 한나의 움직임은 공격을 모두 다 빗겨나가게 하고 있었다.

코이바시가 놀라며 물었다.

"일반적인 속공이 아니다. 뭐지?"

포돌스키가 말했다.

"속공뿐만 아니라 증폭 스킬까지 겸하고 있습니다. 동시에 두 개의 스킬을 사용할 수 있는 능력도 보유했습니다. 순간적이기는 해도 그녀의 위력이라면 몇 초의 시간을 버는 것만으로도 충분합니다."

사도들이 주의 깊게 바라보는 순간이었다.

HNPC 다섯 마리의 공격은 순식간에 그녀의 몸에 상처조차 내지 못했고 곧바로 그녀는 손을 들어 올렸다.

촤아아아앗!

한나의 손에서 달빛이 서려 나왔다.

코이바시가 놀라며 말했다.

"맨손에서 달빛 베기가? 관리자 이상의 위력인데?"

한나의 손에서 뻗어나간 달빛의 기운은 두 마리의 HNPC의 몸을 갈랐고 두 손을 모으는 순간 낚시 줄처럼 마나의 기운이 사방의 뿜어져 나갔다.

촤아아아아앗!

"자유자재로 움직일 수 있는 것은 아이템 뿐이 아닙니다. 마나의 기운 역시 자유자재로 움직일 수 있습니다."

정확하게 목만을 노린다는 듯이 낚싯줄은 빠르게 HNPC의 목을 날려 버리고 있었다.

"어허."

감탄 소리가 흘러나오는 순간 순식간에 테스트는 종료되어 버렸다.

영상은 목 잃은 HNPC의 시체를 밟고 서 있는 한나의 모습을 보여주는 것으로 끝났다.

포돌스키가 말했다.

"저희가 줄 수 있는 상위의 스킬들은 모두 다 주입시켰습니다. 강제로 파워 레벨을 하여 레벨역시 최대치까지 올렸습니다. 또한 에솔릿처럼 외모 변형 스킬도 필요 없습니다. 원래 몸 자체가 인간이니까요. 즉 에솔릿처럼 변신을 하지 않아도 막강한 힘을 낼 수 있다는 겁니다."

에솔릿은 NPC가 본체였고 인간이 껍데기에 가까웠지만 한나는 인간이 본체였다.

아케온이 궁금하다는 듯이 물었다.

"그런데 저 여자는 누구인가? 어떤 동기가 있었는가?"

스스로 자발해서 HNPC가 되겠다는 인간은 있을 수 없었다.

포돌스키가 답했다.

"저 여자의 약혼녀는 던전에서 한성에게 죽었습니다. 그녀에게는 분명 증오심이 있을 겁니다. 아무런 동기도 없던 에솔릿과는 다른 결과를 낼 수 있을 거라 생각했습니다."

포돌스키가 감추고 있는 부분이 있었다.

아무리 증오심이 있다고 하더라도 자발적으로 HNPC가 되겠다는 사람은 있을 수 없엇다.

포돌스키는 한나가 한성에게 증오를 가지고 있었던 사실을 알고 있었지만 그녀가 HNPC가 된 것은 사실 강제나 마찬가지였다.

코이바시는 눈치 채지 못하고 있었지만 아케온과 이스마일은 모르는 척 하고 있었다.

'인간이 감당할 수 있는 스킬들이 아니다. 인간의 몸으로 이런 스킬을 사용한다면 분명 수명은 길어야 몇 개월이다. 장기적으로 보지 않고 단기적으로 한성이라는 자를 제거할 용도로 만들었군.'

주변의 눈은 상관하지 않는다는 듯이 포돌스키의 말이 이어졌다.

"원래 에솔릿과 합체가 된 여자는 생존도에 끌려온 평범한 여자였습니다. 극적으로 운이 따라 주어서 최종병기라는 칭호를 얻게는 되었지만 사실 정신적인 면에서는 나약했고 그 탓에 멘탈 스킬에 당한 것이 큰 실패 이었습니다. 하지만 한나는 다릅니다. 증오와 복수라는 확실한 동기가 있습니다."

아케온은 담담히 미소 지으며 말했다.

"좋다! 과연 에솔릿을 능가할 진정한 최종병기가 나오는지 보도록 하지."

"믿어주십시오. 제가 직접 한나와 함께 감히 인간의 절대자라는 칭호를 사용하고 있는 그자를 제거하겠습니다."

자신이 준비한 것을 모두 끝마친 포돌스키는 다른 두 명의 사도들에게 시선을 돌렸다.

HNPC 프로젝트는 포돌스키가 주도했는데 이스마일과 코이바시가 어떤 준비를 하고 있는지는 알지 못했다.

이스마일이 수정 구슬을 쓸어 만지며 말했다.

"사실 한달 전 던전 최고층에서 재미있는 스킬을 하나 발견했습니다."

영상은 스킬북 하나를 보여 주었는데 허공에 스킬 북 하나가 떠 있었다.

일반적인 스킬 북은 아니라는 듯이 스킬 북 주변으로는 보라색 빛이 감돌고 있었다.

보라색 스킬북은 가장 상위의 스킬이라는 것을 의미했는데 모두의 시선이 스킬북의 설명 창으로 향하고 있었다.

[던전 입장 스킬]

설명: 목표한 던전에 입장 가능한 숫자가 가득 차 있어도 입장 가능합니다. 1회용 스킬.

특징: 스킬을 6개까지 자체 복사할 수 있습니다. 복사된 스킬은 복사할 수 없습니다.

스킬의 설명 창을 읽은 사도들은 놀란 표정을 감추지 못했다.

"이, 이런 스킬이!"

모두가 똑같은 생각을 했다.

'혁명단이 점령하고 있는 던전 입장이 가능하다!'

혁명단과 절대자의 세력이 압도적으로 큰 차이가 있었지만 지금까지 단번에 혁명단을 소탕하지 못한 이유가 이곳에 있었다.

예를 들어 100명만이 입장 가능한 던전에서 미리 100명의 혁명단이 자리를 잡고 있다면 소탕할 병사를 보내는 것조차가 불가능하니 아무리 숫자가 많고 더 뛰어난 실력자들이 많다고 하더라도 무용지물이었다.

이 사실은 혁명단이 버티는 데에 결정적인 힘이 되어주었다.

던전 중의 핵심 던전인 코어 역시 입장 인원 제한 탓에 점령을 하지 못하고 있었는데 이런 스킬이 나왔다는 것은 혁명단쪽에서는 치명적인 일이 아닐 수 없었다.

곧이어 모두의 시선은 스킬의 특징으로 향했다.

비록 일회용 스킬이기는 하지만 복사를 할 수 있다는 특이점이 있었다.

아케온이 물었다.

"일회용 스킬이지만 6개까지 복사가 가능하군. 그렇다면 하나의 스킬 가지고 총 7명이 입장이 가능한 건가?"

"그렇습니다."

"몇 개나 가지고 있는가?"

"현재 딱 2개 가지고 있습니다. 하지만 드랍되는 곳을 알고 있으니 현재 병사들을 동원시켜 24시간 동안 사냥을 계속하고 있습니다. 극악의 확률이기는 하지만 한 달에 한 두 개 정도는 얻을 수 있을 것 같습니다. 물론 더 시간이 지나봐야 알겠지만 말입니다."

일 년에 20개 정도라면 일 년후에 총 140명을 던전에 들여보낼 수 있었다.

140명의 실력자라면 던전을 뒤집기에 충분한 숫자였다.

아니 당장 지금이라 하더라도 하나 같은 괴물을 필두로 실력자들 14명이 잠입을 한다면 당장이라도 던전 하나 쯤은 빼앗을 수 있었다.

생각하지도 못했던 스킬의 등장에 아케온의 입가에는 낮은 웃음이 흘러나오고 있었다.

"후후. 좋네. 하지만 스킬을 발동시키는 것은 신중하게 한다. 우리가 빼앗아야 할 던전은 상당히 많으니 이 스킬북은

극비사항을 유지한 채 보유하고 있도록!"

일회용 스킬이었으니 당연히 사용은 신중할 수밖에 없었다.

"알겠습니다."

아케온은 만족한다는 듯이 말했다.

"적은 우리가 들어오지 못할 거라 방심하고 있다. 그 방심을 찌를 수 있는 절대적인 스킬을 발견했으니 기대하겠네."

마지막으로 모두의 시선이 코이바시에게로 향했다.

코이바시가 말했다.

"두 분들이 워낙에 대단한 것을 보여줘서 제 건 보여드리기 부끄럽군요."

영상이 솟구치는 것과 동시에 몇몇 헌터들의 모습이 보였다.

영상에 등장한 것은 포돌스키가 보여준 HNPC도 아니었고 이스마일처럼 특수 스킬도 아닌 평범한 헌터들의 모습이었다.

그때였다.

헌터들이 입고 있는 어깨에 새겨진 문양이 보이기 시작했다.

"아! 저들은?"

앞발을 든 사자 문양을 가리키며 코이바시가 말했다.

"아시지요? 저 문양? 현재 지상 최고의 길드인 제우스 길드입니다."

전 세계 최고의 길드인 제우스 길드의 몇몇 사내들은 혁명단과 조심스럽게 대화를 나누고 있었다.

"오호, 배신한 겁니까?"

아직까지 대다수 길드들의 움직임은 혁명단이 아닌 절대자에게 힘을 주고 있었다.

특히나 전 세계 최고의 길드인 제우스 길드는 혁명단에게 전혀 도움을 주지 않고 있었는데 어찌된 일인지 지금 이들은 혁명단과 내통을 하고 있었다.

"제우스 길드에 어떤 비밀이 있습니까?"

이스마일이 묻자 코이바시가 답했다.

"이건 비밀입니다만 제우스 길드의 실제 길드 마스터가 바로 접니다."

"오호."

"표면상으로는 리더 우르칸이 길드 마스터로 알려져 있습니다만 실제로 그는 제 동생입니다. 동생을 통해 혁명단을 속일 준비를 하고 있습니다."

지금 까지 대형 길드들은 국가와 독립된 기관이라 생각하고 있었는데 세계 제일의 길드의 실제 길드마스터가 사도라는 사실은 의외의 사실 이었다.

포돌스키와 이스마일은 놀라고 있었는데 아케온은 어느 정도 예측했다는 듯이 말하고 있었다.

"좋습니다. 그럼 제우스 길드를 어떻게 사용할 생각이신지요?"

"보시지요."

영상에서는 제우스 길드의 멤버들이 한 여성과 대화를 나누고 있는 모습이 보이고 있었다.

포돌스키가 어디선가 본 여자라는 생각이 드는 순간이었다.

"아! 저 여자는?"

"제시카. 여자이기는 하지만 혁명단의 리더 제임스의 오른팔 역할을 하는 자입니다. 현재 제우스 길드가 제 지시에 따라 비밀리에 혁명단에 가담할 계획을 세우고 있습니다. 똑똑한 여자이기는 하지만 제우스 라는 거대 길드가 합류한다는 사실에는 넘어가지 않을 수 없을 겁니다. 한 마디로 스파이를 심어 놓는 거지요."

아케온이 고개를 끄덕이며 말했다.

"좋군요."

코이바시가 말했다.

"저항군에게 신임을 주기 위해 관리자 몇몇을 제거하겠습니다. 또한 하층의 쓸모없는 던전 몇 개도 던져 주는 것이 좋을 것 같군요."

코이바시의 말에 아케온은 허락하겠다는 듯이 고개를 끄덕였다.

어느덧 영상은 모두 끝이 났고 아케온이 말했다.

"세 분 모두 다 훌륭하다고 생각합니다. 과연 절대자님께서 여러분들을 버리지 않는 이유가 있군요. 새로운 최종

병기, 던전 입장 스킬, 그리고 제우스 길드를 이용해 혁명단을 소탕해 주기 바랍니다."

비밀리에 실행하고 있는 계획들이 만족스럽다는 듯이 아키온은 말하고 있었는데 순간 말을 멈춘 아케온이 말을 이었다.

"다만 한 가지 명심들 하게나. 실패하면 자네들 역시 사라지게 될 것이네."

조금 전과는 다르게 지금 아케온의 시선은 그 어느 때보다 무섭게 빛나고 있었다.

NEO MODERN FANTASY STORY

**5. 제우스 길드.**

회귀의 절대자

## 5. 제우스 길드.

 사도들이 비장의 카드들을 꺼내며 준비를 하고 있던 그 시각.

 혁명단들 역시 회의를 진행하고 있었다.

 세계 곳곳에 점령한 던전의 리더들이 한 곳으로 모였고 한성을 비롯하여 혁명단의 우두머리라고 할 수 있는 자들이 회의를 진행하고 있었다.

 비밀 던전에서 있었던 한성의 활약과 획득한 최상급 정수 덕분에 혁명단의 분위기는 고조되어 있었고 각국에서 온 리더들 역시 인간의 절대자를 믿는다는 듯이 주저 없이 참여를 하고 있었다.

 가장 큰 사항은 제우스 길드.

모두의 시선이 향하고 있는 가운데 제시카가 말했다.

"제우스 길드에서 우리 쪽에 힘을 실어주겠다고 합니다."

냉철하기만 한 그녀 역시 반가운 소식 앞에서는 표정이 밝아지고 있었다.

그녀의 말이 끝나는 순간 몇몇 리더들의 입에서 탄성이 새어 나왔다.

"오오."

"그게 정말입니까?"

제우스 길드라는 말을 듣는 순간 주변의 인물들은 모두 다 믿기 어렵다는 표정과 기쁨의 표정을 짓고 있었는데 한성만큼은 눈살을 찌푸리고 있었다.

회귀 전 자신을 배신한 자들 중 가장 큰 세력이 바로 제우스 길드였다.

아직은 절대자와의 최종전이 아니었던 탓에 그들이 어떤 계획을 가지고 있는 지는 알 수 없었지만 자신을 배반한 길드의 이름을 듣는 것만으로도 반갑지 않은 일 이었다.

제임스가 물었다.

"세계 최고의 길드가 우리에게 합류한다면 그 파장은 다른 길드로 까지 퍼지겠지요. 얼핏 생각하면 반가운 일이지만 그들을 믿을 수 있겠습니까?"

제시카가 말했다.

"저도 그 부분을 생각했습니다. 아직 완전히 믿을 수는 없지만 그들 역시 증거로 전 세계 관리자 몇몇을 제거해 주었습니다. 하층이기는 하지만 그들이 확보한 던전 역시 우리에게 개방하겠다고 합니다. 다음 주에 공식적으로 절대자에게 대항하는 선언을 할 예정이고 대표가 우리와 만나겠다고 합니다."

관리자를 제거했다는 사실과 던전을 제공해주겠다는 사실이라면 사실상 절대자에게 검을 겨눈 것이나 마찬가지였다.

곧바로 제시카의 손이 수정 구슬을 건드리자 영상이 펼쳐지기 시작했다.

제시카는 수정 구슬이 만들어내고 있는 영상을 바라보며 말을 이었다.

"제우스 길드가 처리한 관리자 목록입니다."

제우스 길드가 제거한 관리자들의 얼굴과 명단이 보이자 몇몇 이들이 고개를 끄덕였다.

"오오, 체코 관리자와 터키 관리자도 있군."

"이거 상당한 타격을 주었는데? 역시 제우스 길드!"

반가운 목소리가 이어지고 있었지만 한성은 담담했다.

'얼핏 보면 높은 자들이 제거 된 것처럼 보이지만 지금 제거된 인물은 하나 같이 원래 퇴출될 인물들이었다. 저 중에 단 한명도 뛰어난 실력자는 없다. 함정이라는 느낌이 더 강하게 전해져 온다.'

이런 한성의 마음은 모르는 듯이 제시카의 설명이 이어졌다.

"제가 직접 만난 인물입니다."

한 사내가 얼굴을 드러냈다.

한동안 잊고 있었던 얼굴이었다.

'우르칸.'

제우스 길드 마스터 우르칸은 회귀 전 자신에게 치명상을 입힌 인물이었다.

원래 한성은 과거와는 달리 이번에는 타 길드들의 도움 없이 절대자를 상대하려 했었다.

과거의 실패는 단순히 힘만 생각하고 너무 많은 길드를 모았기 때문이라 생각한 탓에 이번에는 믿을 수 있는 자들로만 구성을 할 생각이었다.

하지만 자신의 뜻과는 다르게 세계 최고의 길드라는 제우스 길드는 이번에도 그냥 지나쳐 가지 않고 있었다.

귓가에서 우르칸의 비웃는 소리가 들려오는 것 같았다.

개인적인 복수는 뒤로 미루고 절대자를 먼저 제거하려 했지만 복수를 먼저 하라는 듯이 운명은 다시 그를 한성과 이어주고 있었다.

이런 한성의 마음은 모르는 듯이 제시카가 말했다.

"우르칸. 현재 제우스 길드의 길드 마스터입니다. 일주일 후 우리와 만남을 하겠다고 제안을 해 왔습니다. 물론 제우스 길드에서는 길드 마스터가 오겠다고 약속했습니다."

제시카가 설명을 이어 하려는 순간이었다.

회의실 밖에서 요란한 소리가 들려오고 있었다.

"지, 지금 회의 중이십니다!"

회의실 밖에서 경호하고 있는 헌터의 당황한 목소리에 이어 민석이의 목소리가 이어졌다.

"아! 지금 급하다니까요! 비상! 비상!"

밖에서 티격태격 하는 소리가 들려오는 가운데 민석이의 다급한 목소리가 들려왔다.

"최상급 정수 보관함이 파괴 되었습니다!"

모두의 얼굴이 굳었다.

혁명단의 리더들이 도착했을 때 이미 최상급 정수를 보호하고 있던 혁명단원들은 처참한 시체가 된 상황이었다.

"으… 으…."

한쪽에서 신음소리가 들려오는 가운데 누군가 외쳤다.

"이쪽에 한명 살아 있습니다!"

아직 마비 스킬에서 회복되지 못한 혁명단원들이 쓰러져 있었고 사제들이 달려가 치료를 하는 가운데 모두의 시선은 최상급 정수를 보관하고 있던 보관함으로 향하고 있었다.

보관함은 철저하게 박살이 나있었다.

바닥으로 흩어져 버린 정수들은 땅으로 스며든 흔적만이 남아 있었고 이 광경을 지켜 본 모든 이들은 망연자실하고 있었다.

"어, 어떻게 이런 일이?"

절대자에게 다가갈 수 있는 유일한 길이 바로 최상급 정수였는데 한방에 날려 버렸으니 이 많은 양을 다시 모으기 위해서는 적어도 몇 년은 걸릴 것이 분명했다.

최상급 정수를 지키고 있는 자들은 하나 같이 실력자들이었는데 그들 중 대부분이 죽음을 맞이한 상황이었고 생존한 자는 단 한명 밖에 없었다.

"살려내! 유일한 생존자다!"

사제들이 급하게 치료를 하자 마비 스킬에 걸렸던 사내의 정신이 돌아왔다.

한성이 물었다.

"적의 모습을 보았는가? 숫자는?"

"스텔스 스킬로 기습을 했고 가면으로 얼굴을 가려서 보지는 못했습니다. 대략 여섯에서 일곱 명 정도로 생각됩니다."

상대의 실력보다 더 중요한 것은 상대가 어떻게 이곳에 침입했는가에 있었다.

"도대체 누가!"

리더들은 흥분을 감추지 못하고 있었다.

현 상황에서 외부로 부터의 던전 입장은 당연히 불가능했다.

마치 내부에 적이 있는 것처럼 혁명단들은 서로를 바라보고 있었다.

서로에 대한 불신이 생겨나는 것은 바로 이스마일이 원하는 바였다.

 비장의 무기를 꺼내들고 있던 사도들 중에 첫 번째로 움직인 자가 이스마일이었다.

 혁명단들이 한 곳에 모인다는 정보는 이미 사도들의 귀에 들어가 있었다.

 현재 두 개 밖에 가지고 있지 않은 스킬 이었지만 이스마일은 과감하게 스킬 하나를 사용하여 정예 대원 7명을 던전에 잠입 시켰다.

 당연히 첫 번째 목표는 최상급 정수 파괴.

 그리고 두 번째 목표는 리더들의 암살과 혁명단의 내분이었다.

 외부에서 던전에 입장 할 수 없다면 당연히 내부에서 배신이 있다고 밖에 생각할 수 없었다.

 이스마일의 계획대로 벌써 혁명단의 머릿속에는 내부에서 누군가 배신을 했다고 생각하고 있었다.

 제임스가 제시카를 바라보며 물었다.

 "회의를 위해 참가한 각 던전의 리더들을 제외하고 근래에 외부에서 새롭게 들어온 자들은?"

 제시카가 답했다.

 "없습니다. 최상급 정수를 보관하고 있는 던전이라 외부로 부터의 유입은 애초부터 차단했습니다."

 내부에 적이 있다고 밖에 생각할 수 없었다.

수근 거리는 목소리가 곳곳에서 들려왔다.

"들었어? 분명 우리 중에 누군가가 파괴 시킨 거야."

"어느 놈이지?"

"최상급 정수 보관함의 위치를 알고 있는 자가 누구야?"

불안 섞인 목소리가 들려오는 가운데 제임스는 크게 외쳤다.

"동료를 의심하지 마라!"

제임스의 외침에도 불안한 시선은 여전했다.

적이 내부에 있다는 것은 언제라도 곁에 있던 동료가 자신을 공격할지 알 수 없다는 말이었다.

애써 모은 정수가 없어졌다는 사실에 모두들 당황하고 있었지만 의외로 제임스와 한성의 표정은 어둡지 않았다.

깜작 놀랄 말이 한성의 입에서 나왔다.

"최상급 정수가 사라졌다는 것에 놀라지 마라! 어차피 이건 일부다!"

한성의 외침에 모두의 표정에서는 놀란 기색이 역력했다.

"만일의 사태에 대비해 최상급 정수는 여러 곳에 나누어 보관해 두었다! 모두들 동요하지 말도록!"

한성의 외침에 혁명단의 얼굴에 안도의 기색이 흐르기는 했지만 또 다른 불안한 요소가 있다는 사실에 완전히 불안감을 지우지는 못하고 있었다.

'우리 중에 배신자가 있다!'

제임스의 외침 소리가 울려 퍼졌다.

"이 짓을 한 자는 철저한 조사를 통해서 가려내겠다! 던전에 있는 모든 이들은 예외 없이 조사를 할 테니 모두 대기하고 있도록!"

제임스의 말에 곳곳에서 웅성거리는 소리가 들려왔고 혼다가 창을 꺼내 산도발을 가리키며 말했다.

"저 자가 누군가에게 지시를 내리는 것을 보았소!"

혼다의 말에 산도발이 발끈 했다.

"우리를 의심하는 건가?"

화난 표정을 짓고 있는 산도발의 뒤로는 제니퍼, 마갈리를 비롯하여 남미의 혁명단들이 하나 둘 씩 모이기 시작했다.

어느새 혼다의 뒤로도 일본 혁명단이 모여들기 시작했고 혼다는 담담히 말했다.

"의심이 아니라 사실을 말했을 뿐."

두 사내는 당장이라도 싸울 듯이 서로에게 무기를 겨누고 있었는데 어느새 일본과 남미의 혁명단으로 파벌을 만들며 싸움이 벌어지고 있었다.

"저 자식 수상해!"

"닥쳐라! 네 놈이 더 수상해!"

"웃기지 마! 내가 네 놈들 보다 먼저 혁명단에 들어왔어!"

어느새 두 파벌은 무기에 마나의 기운을 흐르게 하고 있었고 헌터들을 동원시킨 제시카가 간신히 이들을 떼어 내고 있었다.

그때였다.

촤아아아아앗!

허공으로 한줄기 마나가 스치고 지나갔다.

어느새 제임스는 검을 빼어들고 있었고 제임스가 단호하게 말했다.

"멈추어라! 배신자는 반드시 찾아내겠다! 그 전까지 서로를 의심하는 자는 내가 베어 버리겠다! 모두 자리로 돌아가 대기하고 있도록!"

제임스의 외침에 그제야 혁명단들은 서로에게 부렸던 시선을 돌리며 각자의 자리로 돌아가기 시작했다.

한성이 곁에 있던 제임스에게 나지막이 말했다.

"다들 연기 잘 하는 군."

최상급 정수가 습격을 당했다는 소식을 들었을 때 한성의 머릿속에 제일 먼저 든 생각은 던전 입장 스킬이었다.

던전의 인원이 가득 차 있다 하더라도 소수의 몇 명을 들여보낼 수 있는 스킬은 회귀 전에 가장 구하기 힘든 스킬 중에 하나였는데 이 스킬은 존재를 모르는 자들에게는 상당히 치명적인 스킬이었다.

한성은 아직 이른 시기라 생각은 했지만 사도 라면 적어도 한 두 개 정도는 가지고 있을 거라 생각했고 사용할 시기는 혁명단의 모든 리더들이 모인 오늘 이라고 생각했다.

적을 속이기 위해 미리 산도발과 혼다에게 내분이 일어난 것처럼 행동하게 했고 일본 혁명단과 남미의 혁명단의 싸움 역시 짜인 각본에 의해 움직인 거였다.

제임스가 말했다.

"자네 말 대로 하기는 했네만. 이제 곤란하군. 잠입한 자들을 잡아낸다 하더라도 이런 잠입 스킬이 있다면 언제든지 올 수 있다는 말 아닌가."

"던전 입장 스킬은 흔한 스킬이 아니다. 아무리 절대자라 하더라도 기껏해야 2-3개 정보 밖에 보유하지 못하고 있을 거다. 일단은 잠입한 자들을 소탕한다."

곧이어 한성은 속으로 생각했다.

'역시 앞당겨졌다.'

자신이 회귀를 한 후 모든 것이 앞 당겨지고 있었다.

던전의 점령 속도가 빨라졌으니 스킬의 발전 수준도 더 빨라졌고 지금 던전 입장 스킬만 하더라도 원래대로 라면 몇 년 후에 나와야 될 스킬이었지만 자신의 예상보다 빠르게 등장하였다.

한성은 주변을 살펴보았다.

눈에 보이지는 않고 있었지만 스텔스 스킬을 사용해서 자신을 지켜보고 있는 시선은 느껴지고 있었다.

한성의 예상대로 어느 정도 거리가 떨어진 곳에서 이스마일이 보낸 정예들은 모든 상황들을 지켜 보고 있었다.

혁명단에 내분이 일어났다는 것은 반가운 일이었지만 최상급 정수가 여러 곳에 나누어 있다는 사실은 의외의 일이었다.

리더가 말했다.

"작전 변경! 암살에 앞서서 나머지 최상급 정수를 파괴시킨다. 생각보다 내분이 쉽게 될 것 같다. 혁명단을 자멸하게 만들겠다."

하루가 지났다.

던전 안 혁명단의 분위기는 침울한 상황이었다.

한성과 몇몇 리더들을 제외하고 모두들 내부의 배신자가 있다고 생각했으니 당연히 혁명단 내부의 분열은 일어나지 않으려야 않을 수 없었다.

서로가 서로를 의심하는 것은 내분을 가져오고 있었고 언제 뒤에서 동료가 검을 찌를지 모른다는 불안감에 던전은 그 어느 때보다 분위기가 가라앉고 있었다.

던전의 상황을 한 눈에 볼 수 있는 언덕 근처에는 혁명단의 내분을 지켜보고 있는 여섯 명의 사내가 있었다.

이들은 지금 혁명단의 상황이 만족한다는 듯이 흐뭇한 표정을 짓고 있었다.

쿨 타임에 대비를 한 듯이 스텔스 스킬을 사용하지는 않고 있었지만 주변으로 퍼져 있는 위장 스킬은 일시적으로 이들의 몸을 가려 주고 있었다.

〈위장의 숲.〉

설명: 24시간 동안 주변 환경과 같은 풍경을 만들어 냅니다. 일회용 스킬.

특징: 탐지 스킬을 사용하지 않으면 숨어 있는 모습을 볼 수 없습니다. NPC에게는 적용되지 않습니다.

눈으로 확인할 수 없는 스킬을 사용하며 모습을 감추고 있는 이들 중에 한명의 눈이 반짝이고 있었다.

〈매의 눈〉

설명: 10초동안 타겟팅한 목표물의 위치를 파악합니다. 쿨 타임 24시간.

특징: 건물 안에 숨겨 있다 하더라도 500M 이내의 거리에서는 파악할 수 있습니다. 대상이 사람일 경우에는 적용되지 않습니다.

매의 눈 스킬을 사용하고 있는 사내의 눈에는 이미 최상급 정수의 이동 경로가 파악되어 있었다.

혁명단의 움직임을 살펴보고 있던 암살단의 리더가 말했다.

"후후. 흔들리고 있다. 혼다와 산도발 같은 리더들마저 흔들리니 아랫놈들은 아주 멘탈이 나가 버렸군. 곳곳에 빈틈들이 보이고 있다."

최상급 정수가 파괴되고 경비를 더욱더 굳게 하고 있었지만 실제 느껴지는 감정은 잠입한 자들에게 혁명단이 얼마나 흔들리는지 알 수 있게 했다.

지금 이들은 최상급 정수를 노리고 있었다.

예상과 다르게 혁명단들은 최상급 정수를 나누어 분산시켜 두었는데 아무리 분산 시켜 두었다 하더라도 이들이 잠입한 사실을 모르고 있는 이상 방어는 결코 쉽지 않을 것이 분명했다.

'또 한 번 최상급 정수를 파괴 시킨 후 혼란을 가중 시킨다. 뭐가 인간의 절대자야? 아무리 뛰어난 실력이라도 우리의 존재를 알지 못하면 단번에 죽일 수 있다! 결코 스킬이 뛰어난 자가 이기는 게 아니라는 것을 보여주지.'

이스마일은 스탤스 단원들을 잠입 시킬 때 한성에 대해 주의를 주었다.

'최한성이라는 자가 혁명단의 기둥이다. 그 자를 제거하면 포상금은 물론이고 관리자의 자리까지 주겠다.'

일차 타겟인 최상급 정수의 파괴가 끝난 후 혁명단 리더들의 암살이 계획되어 있었는데 한성은 가장 마지막 타겟이었다.

혁명단의 핵심인 한성의 실력에 대해 주의를 주었지만 이미 천문학적인 현상금이 걸려 있는 탓에 암살단원의 머릿속에는 한성을 제거한 이후 받게 될 포상금에 들떠 있는 상황이었다.

"저기 옵니다."

정찰을 나갔던 부하가 돌아와 보고를 했다.

"최상급 정수를 보관하고 있는 곳을 살펴보았습니다! 경계가 삼엄하기는 하지만 내부자들을 감시하고 있으니 스텔스 스킬을 사용한다면 어렵지 않게 잠입할 수 있을 거라 생각 됩니다. 서로가 서로를 감시하고 있는 상황이니 잠입하기가 더 쉬울 것 같습니다."

상대는 아직 던전 입장 스킬이 있다는 것을 알지 못했으니 당연히 내부의 소행이라고 밖에 판단할 수 없을 것이 분명했다.

리더가 물었다.

"인간의 절대자는?"

"그자 역시 다른 리더들을 감시하고 있습니다. 리더들끼리 내분이 일어나서 그 자가 중재를 하고 있는 것으로 보입니다."

병사의 보고에 리더는 흐뭇한 미소를 지으며 말했다.

"가자!"

회심의 일격을 가하겠다고 암살단원들은 움직이고 있었지만 이 모든 것은 한성이 예상한 대로 흘러가고 있었다.

은신 스킬을 사용한 스텔스 단원들은 거침없이 최상급 정수를 보관하고 있는 곳으로 향하고 있었다.

경비병들이 보이고 있었지만 이들로서는 은신 스킬을 파악할 수 있는 능력이 없었고 서로를 의심하고 있는 가운데 이들의 신경은 오히려 동료들에게 집중되고 있었다.

경비병들을 지나쳐 간 스텔스 단원들의 눈에 최상급 정수를 보관한 보관함이 보이고 있었다.

스텔스 단원들은 모두 확신에 차 있었다.

'저기다!'

'멍청한 놈들! 한번 속고 또 속는군. 또 한 번 당황하게 만들어 주지!'

외부의 감시를 통과하자 더 이상 경비병들은 보이지 않고 있었고 이들을 막을 자는 전혀 보이지 않고 있었다.

최상급 정수가 있는 곳을 향해 스텔스 단원들이 움직이는 순간이었다.

"으음?"

바스락!

분명 평지를 밟았지만 어찌된 일인지 모래 밟히는 감촉과 함께 소리가 울려 퍼졌다.

모두의 걸음이 멈춰진 상태에서 머릿속으로는 똑같은 생각을 하고 있었다.

'위장 스킬?'

자신들이 사용하고 있었던 〈위장의 숲〉 스킬과 비슷한

종류인 〈위장의 평지〉 스킬 이었다.

아니나 다를까?

겉으로 보아서는 아무것도 있지 않은 것처럼 보이는 평지이었지만 이들이 발을 올리는 순간 스킬은 해제되며 밑에 깔아 두었던 모래밭이 눈에 들어오고 있었다.

바닥 전체는 모래로 덮여 있었는데 이건 어디로 움직이던지 움직임의 흔적을 남길 수밖에 없었다.

모래를 밟았다고 하더라도 스텔스 스킬이 사라지는 것은 아니었지만 흔적을 남기게 된 상황에서 이미 스텔스 스킬은 의미가 없었다.

리더의 심장이 철렁거렸다.

'함정이다!'

기습을 예측한 혁명단은 바닥에 모래를 깔아 놓았는데 아무리 스텔스 스킬이라 하더라도 모래에 남는 발자국 흔적을 감출 수는 없었다.

그때였다.

우우우웅! 우우우웅!

주변 곳곳에 위장 스킬이 해제 되는 소리가 울려 퍼지기 시작했다.

사방 곳곳에 위장 스킬이 설치되어 있었고 위장 스킬이 해제되어 질 때 마다 사람들의 모습이 나타나고 있었다.

순식간에 포위된 가운데 스텔스 단원 모두의 눈이 커지고 있었다.

'인간의 절대자!'

가장 중앙에서 한성이 모습을 나타냈다.

한성이 말했다.

"너였군."

아직 스텔스 스킬이 깨진 것도 아니었지만 한성은 모래의 움직임으로 위치를 파악했다는 듯이 바라보고 있었다.

스텔스 단원들이 멈칫 거리는 순간 한성이 말했다.

"바보인가? 기습당한 상황에서 이렇게 대 놓고 최상급 정수를 이동 시킬 리가 없잖아?"

한성의 말과 동시에 잔잔한 종소리가 울려 퍼졌다.

댕! 댕! 댕!

종소리와 함께 물결이 치 듯이 파동이 일어나기 시작했다.

스텔스를 사용한 자들 중에 이 스킬을 모르는 자는 없었다.

'새벽의 종소리?'

스텔스 스킬을 잡아내는 종소리가 울려 퍼졌다.

물결처럼 일어나는 마나의 기운이 다가오는 모습에 리더가 외쳤다.

"피해!"

종소리의 파동만 피한다면 스텔스의 스킬은 유지할 수 있었다.

모래 밭이 흔들리며 발자국 들이 바쁘게 찍히는 가운데

모여 있던 스텔스 단원들이 사방으로 퍼지는 순간이었다.

한성은 움직이지 조차 않은 채 중얼거렸다.

"미리 대기하고 있다."

스텔스 단원들이 종소리의 파동을 피하려 할 거라는 사실은 당연히 알고 있었다.

미리 대기하고 있던 혁명단들은 모래의 움직임에 시선을 집중 시키고 있었다.

촤아아아앗!

퉁! 퉁! 퉁!

모래가 요동치는 곳을 향해 미리 대기하고 있던 마나의 기운과 크로스 보우의 마나가 분출되기 시작했다.

보이지 않는 자들을 향해 마구잡이식으로 쏟아지는 공격처럼 보였지만 이미 종소리의 파동을 피하기 위해 움직인 이들의 위치는 파악이 되어 있었다.

"크어어억!"

"크어어억!"

순식간에 두 명의 암살자가 피를 뿜으며 쓰러져 버렸다.

두 명이 쓰러진 순간 한성의 유니크 검이 바닥을 갈랐다.

스킬을 발동 시킨 것도 아닌 그냥 휘둘렀을 뿐 이었지만 검에서는 폭풍 같은 바람이 일어나고 있었다.

우우우우웅!

검이 노린 것은 암살단원이 아닌 바닥의 모래였다.

촤아아아아앗!

검에서 흘러나온 폭풍 같은 바람은 바닥에 있던 모래를 날려 버리기에 충분했다.

허공으로 휘날린 모래 바람은 그대로 스텔스 단원들의 몸을 휘감아 버렸고 피할 새도 없이 단원들의 몸은 그래도 모래를 뒤집어 쓸 수밖에 없었다.

'아무리 작은 모래 알갱이라 하더라도 공격을 받은 것으로 간주되면 스텔스 스킬은 깨질 수밖에 없다!'

스텔스 스킬이 사라지는 것과 동시에 단원들의 모습은 그대로 노출되고 있었다.

"달아나!"

기습이 완전히 실패했다는 사실에 단원들이 몸을 돌리는 순간이었다.

"어엇?"

어느새 뒤쪽으로는 산도발과 혼다가 무기를 꺼내들고 포위하고 있었다.

언제 싸웠냐는 듯이 남미의 혁명단과 일본 혁명단들은 함께 하고 있었고 그들의 무기를 같은 곳을 향해 겨누고 있었다.

"이, 이런 일이!"

그제야 리더는 함정에 빠진 쪽은 오히려 자신이라는 사실을 깨달았다.

처음부터 상대는 자신을 유도한 거였고 내분은 자신을 방심 시키기 위한 계략이었다.

변명의 여지가 없는 완벽한 실패였다.

"으… 으…."

모든 것이 수포로 돌아갔다고 생각한 순간이었다.

산도발과 혼다가 말했다.

"쓸어 버려!"

촤아아아앗!

퉁! 퉁! 퉁! 퉁!

포위당한 상태에서 모습까지 드러났으니 단원들로는 피하지 못하는 것이 당연했다.

쉴드 스킬로 몸을 보호하기 시작했지만 이미 대세를 뒤집을 수는 없었다.

산도발의 검과 혼다의 창에서 불꽃이 일어나며 단원들의 몸에서는 피가 솟고 있었고 이미 버프를 최대한도로 받은 이들에게 아무리 정예 부대라도 감당할 수는 없는 노릇이었다.

산도발의 검과 혼다의 창을 선두로 혁명단이 리더를 향해 달려가는 순간이었다.

지금까지 움직이지 않고 있었던 한성의 시선이 리더에게 향했다.

바쁘게 움직이는 수인의 움직임을 보는 순간 한성은 외쳤다.

"연막이다!"

한성의 말이 끝나는 것과 동시에 폭탄이 터지는 것 같은 소리가 울려 퍼졌다.

퍼퍼펑!

검은 연기가 주변에 터지기 시작했다.

"가스 효과가 있다!"

연막 스킬 중에 상위의 스킬인 듯이 단순히 시야를 가릴 뿐만 아니라 독성이 있다는 듯이 몇몇 혁명단원들이 휘청거리기 시작했다.

"쉴드!"

"숨을 쉬지 마!"

혁명단원들은 스킬로 보호를 하기 시작했고 잠시 혁명단의 몸이 주춤 거리는 순간 리더는 달아나기 시작했다.

그때였다.

뒤쪽에서 무언가 다가오는 소리가 들려왔다.

연막으로 시야를 가린 상황이었지만 상대는 자신의 위치를 정확하게 파악하고 있다는 듯이 다가오고 있었다.

온 몸에 소름이 돋으며 리더가 뒤를 돌아 보려는 순간이었다.

거부할 수 없는 힘이 자신의 뒷목을 잡는 것이 느껴졌다.

"으아아!"

돌아보지 않았지만 이미 누가 자신의 목을 붙잡았는지는 충분히 알 수 있었다.

몸 전체로 전류가 흐르듯이 짜릿함이 전해져 왔고 사내의 온 몸은 마비 상태가 되어 버렸다.

마비 스킬 발동 된 이상 지금 사내의 몸은 인형이나 다름 없었다.

뒷목을 잡은 한성은 마치 장난감을 잡은 것처럼 그대로 사내의 머리를 바닥에 내리찍었다.

손가락 하나 움직일 수 없는 그가 할 수 있는 일이라고는 아무것도 없었다.

콰과과광!

바닥에 처박힌 사내는 비명을 내지를 새도 없이 그대로 즉사하고 말았다.

암살단원의 기습이 끝난 일주일 후.

제우스 길드는 공식적으로 절대자에게 대항을 하겠다는 의지를 밝혔다.

전 세계 제 1의 길드에서 절대자에게 검을 겨눈다는 것은 큰 파장을 일으켰고 곧바로 몇몇 길드들이 제우스 길드와 함께 동참을 하겠다는 뜻을 밝혀왔다.

혁명단 내부에서 의견은 갈리고 있었는데 조금 더 시간을 두고 살펴보아야 한다는 쪽과 당장 힘을 합쳐 절대자와의 승부를 앞당겨야 한 다는 쪽이 팽팽하게 맞서고 있었다.

각국에서 온 리더들이 의견을 표하기 시작했다.

"제우스 길드의 선언으로 상당수 많은 길드들이 우리 쪽에 합류하겠다는 움직임이 일어났습니다. 시간이 흐른다면 국민들의 지지는 점점 더 떨어질 수밖에 없습니다. 기회가 왔을 때 커진 불꽃을 완성 시켜야 합니다!"

"섣불리 움직이는 것은 위험합니다. 세계 제일의 길드라고는 하지만 지금까지 아무런 행동을 하지 않고 있던 그들이 갑자기 돌아섰다는 것부터 의심해 봐야 합니다!"

"그때는 최상급 정수로 절대자의 탑을 감싸고 있는 보호막을 제거 할 수 있다는 사실을 알지 못할 때였으니까 제우스 길드도 함부로 나서지 못한 것이 아닙니까! 지금은 사정이 달라졌으니 무조건 제우스 길드를 비난할 수는 없지요."

혁명단 내부에서도 의견이 갈리고 있는 가운데 한성은 생각했다.

'절대자와의 승부를 앞당겨야 하는 것은 맞다. 하지만 제우스 길드를 믿을 수는 없다. 그들이 배신을 지금부터 계획하고 있는 지 결정적일 때 배신을 하려 하는 지 알 수는 없지만 결국 이들은 배신을 할 것 같은 느낌은 지울 수 없다.'

회귀전과 다르게 진행될 가능성도 있었지만 그 가능성은 분명 낮았다.

제우스 길드에게서 연락을 받은 제시카가 말했다.

"제우스 길드 측에서 만나기로 한 곳은 현재 그들이 점령하고 있는 미국 던전 31층입니다."

"그쪽의 대표는?"

"제우스 길드 쪽에서는 길드마스터 우르칸이 오기로 했고 우리 쪽에게는 30명까지 입장을 허용한다고 합니다. 물론 혁명단에 요구한 사항은 없습니다."

자신들이 점령하고 있는 던전에 새로운 인물을 들이는 것은 상당히 꺼림칙한 일이었다. 물론 혁명단 입장에서도 믿을 수 없는 던전에 들어가는 것은 꺼림칙한 일이었는데 제우스 길드는 30명의 자리를 내어 주고 있었다.

더군다나 제우스 길드 쪽에서 길드 마스터가 온 다면 이쪽 역시 제임스가 가야 되는 것이 이치에 맞았다.

하지만 제우스 길드 쪽에서는 제임스의 방문을 요청하지 않고 있었다.

산도발이 말했다.

"오호. 우리 쪽의 사정 까지 생각해 준다는 건가? 자꾸 믿어달라고 그러니 더 믿기가 싫어지는 데?"

"의심 가는 거라도?"

한성이 묻자 산도발은 고개를 흔들며 말했다.

"아니. 나는 원래 상황이 바뀐 후에 합류하는 자들을 좋아하지 않아서 말이야."

산도발은 더 이상 언급하지 않겠다는 듯이 시선을 회피하고 있었지만 한성은 산도발의 얼굴에 그늘이 지어 있는 것을 놓치지 않았다.

잠시 말을 멈춘 제시카가 말을 이었다.

"또한 앞으로 상당량의 최상급 정수를 비롯해 혁명단이 필요한 아이템들 까지 제공하겠다고 까지 알려 왔습니다."

제우스 길드가 점령하고 있는 31층은 지금 혁명단이 본거지로 사용하고 있는 30층 보다 더 높은 층이었다. 더군다나 제우스 길드는 자체적으로 아이템을 제작하는 능력이 웬만한 국가보다도 높은 수준 이었다.

최상급 정수와 아이템을 제공해 준다는 파격적인 말에 모두 솔깃한 표정을 지었지만 한성은 고개를 흔들었다.

'미끼를 던지는 느낌이다.'

제임스가 말했다.

"우리가 원하는 것을 제공해준다라…… 섣불리 받기는 그렇지만 일단 염치없이 받아 보도록 하지!"

제임스 역시 시험해 볼 생각이었다.

제우스 길드가 진심으로 혁명단과 함께 하지 않는다 하더라도 정수는 챙길 생각이었고 만일의 사태에 대비해 한성 같은 최상위 실력자들은 보내지 않을 생각 이었다.

제임스가 말했다.

"일단 Exit 스킬을 가지고 있는 자들을 포함해 30명을 보낸다. 제시카가 통솔하고 상위 리더들은 참가하지 않는다. 일단 정수를 수집하는 것을 최우선으로 하고 나머지는 상황을 지켜보도록 한다."

한 달이 빠르게 지나갔다.

그동안 혁명단은 제우스 길드와 본격적인 협력을 하고 있었는데 말이 협력이지 실제 제우스 길드에서 일방적으로 정수를 가져오는 것이 전부였다.

우려했던 일은 전혀 일어나지 않고 있었고 오히려 예상 밖으로 제우스 길드는 전폭적인 지원을 해주고 있었다.

미국 던전 31층.

현재 제우스 길드가 점령하고 있고 혁명단의 출입을 허락한 던전 31층에는 정수를 챙겨 든 혁명단원들이 아티팩트를 통해 이동을 하고 있었다.

정수를 받은 혁명단원들이 하나 둘 씩 사라지는 가운데 가장 마지막 까지 남아 있던 제시카가 말했다.

"매번 감사합니다. 제임스 총 사령관께서도 감사의 말씀을 전해 달라고 하셨습니다. 아울러 직접 찾아뵙지 못해서 죄송하다는 말씀도요."

한 달이 지났지만 아직까지 제임스를 비롯한 혁명단의 실력자들은 던전에 출입조차 하지 않고 있었다.

격식을 갖추어 깍듯이 인사를 하는 제시카의 앞에는 제우스 길드의 부길드 마스터 핫산이 서 있었다.

핫산이 말했다.

"별말씀을. 혁명단에 도움이 된다면 우리에게도 큰 기쁨입니다. 오히려 우리가 진작에 참여하지 못해서 죄송할 뿐입니다. 제임스 총사령관님께 잘 말씀드려 주십시오."

약간 풍뚱한 체형의 핫산은 마음씨 좋은 아저씨의 미소를 보이며 허리를 굽혀 인사를 했다.

제시카가 아티팩트의 불빛과 함께 사라진 후.

조금 전 마음씨 좋아 보이던 아저씨의 모습은 어디에도 없었다.

날카로운 눈매를 빛내며 핫산이 중얼거렸다.

"약은 년……."

철저하게 경계를 풀지 않고 자신들이 필요한 아이템과 정수만을 챙겨 간다는 것이 마음에 들지 않는 다는 듯이 핫산이 중얼거리고 있던 때였다.

한쪽에서 목소리가 들려왔다.

"쉽게 밑밥을 물지는 않을 거라 생각했다."

목소리가 들려온 쪽을 바라본 핫산은 황급히 예를 취했다.

제우스 길드의 길드 마스터 우르칸이 모습을 드러내고 있었다.

현존하는 최강의 무기들로 세팅이 되어 있는 우르칸의 곁에는 한 사내가 서 있었는데 바로 사도 중 한명인 코이바시였다.

코이바시의 모습을 보자 핫산은 더더욱 깊게 고개를 숙였다.

코이바시가 진짜 길드 마스터라는 사실을 알고 있는 자들은 제우스 길드 내부에서도 부길드 마스터들 밖에 없었다.

화려한 아이템들로 치장을 한 우르칸과는 다르게 코이바시는 일반 제우스 길드 단원들이 착용하고 있는 평범한 복장을 하고 있었는데 겉으로 보아서는 일반 헌터들의 모습과 다를 바가 없었다.

물론 코이바시가 착용하고 있는 아이템들은 외형 변화 스킬을 사용한 아이템들이었다.

〈아이템 외형 변화〉
설명: 아이템을 원하는 아이템 형상으로 변화시킵니다. 외형 변화를 위해서는 반드시 원하는 모양의 아이템을 보유하고 있어야 합니다. 일회용 스킬.
특징: 한번 바뀐 외형은 다시 스킬을 사용하지 않는 한 변형할 수 없습니다.

일반적으로 아이템 외형 변화 스킬은 조금 더 멋있거나 더 상급의 아이템의 모습으로 바꾸는 것이 일반적 이었다. 가령 하찮은 무기라 하더라도 외형변화를 통해 적에게 겁을 줄 수 있는 무기로 바꿀 수 있는 용도로 사용될 수 있었는데 코이바시는 상대를 방심시키기 위해서 인 듯이 모든 최고급 아이템들을 평범한 아이템의 외형으로 바꾼 상태였다.

우르칸이 말했다.

"괜찮아. 그 동안 어느 정도 신임을 주었다. 이제 물지 않을 수 없는 밑밥을 던져야겠지."

코이바시가 말했다.

"이스마일의 계획은 수포로 돌아갔다. 몇 개 없는 던전 입장 스킬을 사용했지만 돌아온 것은 단원들의 죽음뿐. 절대자께서 그냥 지나가지는 않을 것 같은데. 아마 다음 던전에는 이스마일이 직접 들어가야 할지도. 흐흐흐."

코이바시의 입에서는 낮은 웃음이 흘러나오고 있었다.

이스마일의 실패에도 불구하고 코이바시는 오히려 기뻐하고 있는 눈치였다.

우르칸이 말했다.

"그건 그렇고 던전 입장 스킬이라는 일반인들이 알 수 없는 스킬을 사용했는데도 실패했다는 것은 그만큼 상대의 실력이 대단하다는 사실 아닙니까? 방심은 금물입니다."

우르칸의 말에 코이바시는 고개를 흔들었다.

"아니, 이스마일의 실패는 자신이 직접 움직이지 않았다는 거다. 천문학적인 돈과 나라의 대통령이나 마찬가지인 관리자의 지위까지 준다고 했으니 단원들이 집중이나 제대로 했겠는가? 이스마일이 지혜가 있다고 해도 직접 몸을 쓰는 것을 싫어해. 그게 패인이다. 나는 다르다! 나는 직접 나설 것이다!"

코이바시 역시 사도들이 은연중에 경쟁을 하고 있다고

느끼고 있었는데 이스마일이 실패한 이상 자신이 성공한다면 간접적으로 자신이 더 뛰어나다는 것을 인정받을 수 있다고 생각하고 있었다.

코이바시는 곁에 있던 핫산에게 말했다.

"계획을 실행 시킨다! 준비하도록!"

"알겠습니다!"

핫산이 사라져 가자 코이바시가 중얼거렸다.

"남은 것은 포돌스키라는 애송이. 애송이가 일을 그르치기 전에 내가 끝낸다. 인간의 절대자라는 자는 내가 직접 잡겠다!"

❖

제우스 길드와 혁명단의 관계가 원활하게 진행되고 있는 가운데 사건이 발생했다.

혁명단에게 급한 소식이 전해져왔다.

"제우스 길드가 도움을 요청했습니다! 새로 점령한 던전 39층 입니다!"

절대자에게 대항하는 혁명이 진행 되고 있는 가운데에서도 던전은 정복의 정복을 거듭하고 있었는데 드디어 미국 던전 39층이 열리게 되었다.

원래대로라면 최상위 던전은 생각할 것도 없이 국가 소유가 되어야 하지만 제우스 길드가 움직이는 순간 상황은 다르게 되었다.

다급한 보고가 연이어 들어왔다.

"제우스 길드와 미국 관리자들 사이에서 전투가 벌어지고 있습니다! 우리에게 도움을 요청하고 있습니다!"

"제우스 길드에 가 있었던 우리 쪽 병사들의 정보에 따르면 제우스 길드가 밀리는 양상이랍니다! 오래는 버틸 수 없을 것 같습니다!"

"현재 던전 39층에서 제우스 길드를 지휘하고 있는 자는 부길드 마스터 핫산과 세르게이! 우리가 참전할 경우 제우스 길드에서는 길드 마스터 우르칸이 직접 참여하겠다는 뜻을 밝혀 왔습니다!"

길드 마스터까지 전투에 참여한다는 것은 모든 것을 걸었다는 것이나 마찬가지였다.

연이어 보고가 쏟아져 오는 가운데 제임스가 고개를 갸웃거리며 중얼거렸다.

"난감하군."

원래부터 제우스 길드에게 우호적인 시선을 보이고 있던 자들이 말했다.

"피를 흘리며 싸우고 있는 데 거절한다면 전 세계 국민들이 우리를 뭐로 보겠습니까? 우리는 혁명단이 아니라 배신자가 될 겁니다!"

"절대자에게 저항하는 국민들이 내분에 휩싸이게 되는 일은 반드시 막아야 됩니다."

"이 기회를 놓치게 된다면 우리는 다시 올 수 없는 기회를 놓치게 됩니다. 아직은 크게 티가 나지 않고 있지만 던전 보유 개수에서 우리는 절대자와 비교할 수 조차 없습니다. 던전이 높아질수록 더 강력한 아이템이 나오는 것은 당연한 사실! 이 기회를 놓친다면 절대자와 우리의 격차는 더더욱 멀어질 수 밖에 없습니다. 당장 전투에 참여해야 합니다!"

전투에 참여하자는 의견이 우세한 가운데 누군가 말했다.

"참가하도록 하지."

지금 말한 자는 제임스가 아니라 산도발 이었다.

모두의 시선이 산도발에게 향하고 있는 가운데 그가 말을 이었다.

"제임스 총 사령관은 이곳에 있도록 하고 내가 남미의 혁명단을 이끌고 가겠다."

"우리도 가겠소!"

다음에 일어난 자는 혼다였다.

"일본의 혁명단도 가겠소!"

"우리도 간다!"

연이어 전투에 참가하겠다는 자들의 목소리가 들려오는 가운데 민석이는 한성을 바라보았다.

무언가 곰곰이 생각하고 있던 한성이 입을 열었다.

"호랑이를 잡으려면 호랑이 굴에 들어가야겠지. 우리도 간다."

NEO MODERN FANTASY STORY

## 6. 던전 워 Dungeon War.

회귀의 절대자

# 6. 던전 워 Dungeon War.

던전 39층.

입장인원에 몇 백 명의 제한이 있는 다른 던전에 비해 39층은 무려 3000명이라는 입장 수 제한이 있었다.

그만큼 던전은 역대 최대급으로 거대했고 던전에서 획득할 수 있는 자원과 스킬 역시 뛰어나다는 것을 의미했다.

3000명의 입장 가능한 숫자 중에 관리자 쪽에서는 이미 2000명이 들어가 있었고 제우스 길드에서는 900명. 그리고 100명의 자리를 혁명단에게 넘겨주었다.

혁명단은 100명의 정예를 소집하여 던전에 입장을 했다.

표면상으로는 관리자들을 몰아내고 던전을 획득하는 목표를 가지고 있었지만 비밀리에는 제우스 길드의 실력과 그들의 본심을 파악하는데 에 있었다.

"제우스 길드에 대해서는 자네의 판단에 전적으로 맡기겠네."

제임스는 39층에서 벌어지는 모든 권한을 한성에게 주었고 한성은 산도발, 혼다를 주축으로 100명의 정예와 함께 던전 39층에 들어온 상황이었다.

39층 던전에는 동서남북으로 네 개의 성채가 있었는데 사실상 네 개의 성채를 점령한 자가 던전을 소유하는 것이나 다름없었다.

한성이 제일 먼저 향한 곳은 동쪽의 성채였다.

쾅! 쾅! 쾅!

폭탄이 터지듯이 요란한 소리가 울려 퍼지는 가운데 모두의 시선은 눈앞에서 벌어지고 있는 광경으로 향하고 있었다.

눈앞에서 벌어지고 있는 광경은 하나의 전쟁이었다.

다만 몬스터와 인간의 대결이 아닌 던전에서는 쉽게 볼 수 없는 인간 대 인간의 대결이 눈앞에서 벌어지고 있었다.

빼앗으려는 자와 뺏기지 않으려는 자와의 대결이 벌어지고 있는 가운데 주변의 NPC들은 아무 느낌 없다는 듯이 인간들의 전쟁을 바라보고 있을 뿐이었다.

모두의 시선은 제우스 길드가 빼앗으려고 하는 언덕위로 향하고 있었다.

관리자들은 성채를 사수하겠다는 듯이 성채 안에서 저항을 하고 있었고 제우스 길드 단원들은 성채를 포위한 채 공격을 퍼붓고 있었다.

 치열한 전쟁이 벌어지고 있는 가운데 한성은 전황을 살펴보았다.

 마치 균형을 맞추어 놓은 것처럼 절대자와 제우스 길드의 진형은 팽팽하게 전투를 벌이고 있었다.

 "우와! 이건 완전 전쟁이네요."

 "어느 쪽이 우세지? 아직 모르겠는데?"

 "포위하고 있으니까 제우스 길드 쪽이 우세한 거 아닌가?"

 이처럼 대단위로 싸우고 있는 광경은 처음 본다는 듯이 민석이를 비롯한 혁명단원들은 놀라고 있었는데 무언가 의아하다는 듯이 한성은 고개를 흔들고 있었다.

 한눈에 상황은 파악되었다.

 '얼핏 보면 치열하게 싸우는 것처럼 보이지만 실력자들은 모조리 빼 놓은 것처럼 보인다. 더군다나 포위되어 있는 쪽이 더 우세한 것으로 미루어 보아 제우스 길드는 점령할 생각이 없다.'

 자신이 알고 있는 제우스 길드의 수준은 이 정도가 아니었다. 더군다나 던전 최고층이라 한다면 분명 절대자 쪽에서도 중무장을 할 것이 분명했는데 지금 상황은 마치 서로 형식적으로 짜고 싸운다는 느낌이 들고 있었다.

 원래 성채는 몬스터로부터 피난할 수 있는 위치에 위치한 탓에 지리적으로 상당히 유리한 고지에 자리 잡고 있었다.

당연히 수비하는 쪽이 유리했는데 지금 상황은 포위를 했다기 보다는 상대가 의도적으로 포위당해 싸우고 있다는 표현이 더 어울릴 정도였다.

그때였다.

"퇴각! 퇴각!"

움츠리고 있던 제우스 길드에서 퇴각 명령이 나오고 포위하고 있던 제우스 길드 단원들이 물러나기 시작했다.

산도발이 말했다.

"우리가 오니까 퇴각 시키는 군. 마음에 들지 않아."

혼다가 창을 겨누며 말했다.

"저기 마중을 나오는 군. 저 뚱뚱한 사내가 부길드 마스터인가?"

제우스 길드 쪽에서 동쪽 성채 공략에 나서고 있는 부 길드마스터 핫산이 마중을 나오고 있었다.

환하게 웃으며 핫산은 다가오고 있었는데 산도발이 말했다.

"경계를 늦추지 마라."

한성을 중심으로 혁명단의 리더들은 어느 때라도 기습에 대비할 수 있을 위치로 자리 잡기 시작했다.

한성의 시선이 핫산이 사용하고 있는 채찍으로 향했다.

회귀 전 자신이 배신을 당했을 때 뒤에서 공격했던 자 중 자신의 다리를 후려쳤던 채찍의 느낌이 전해져 오는 것 같았다.

'이 놈이었군.'

워낙에 여러 명에게 기습을 당했던 탓에 자신을 공격한 자들을 제대로 파악할 수 없었는데 지금 핫산의 채찍을 보는 순간 과거 다리의 쓰라렸던 느낌이 전해져 오는 것 같았다.

이런 한성의 마음은 모르는 한손에 핫산은 한성이 반갑다는 듯이 말했다.

"반갑습니다! 인간의 절대자를 만나게 돼서 영광입니다. 상황이 상황이니 만큼 인사는 짧게 하도록 하겠습니다."

한성은 담담히 핫산을 바라보았다.

당연히 핫산은 한성을 처음 보는 것이겠지만 한성은 이미 그가 어떤 자 인지를 알고 있었다.

'길드 마스터 우르칸의 오른팔. 또 다른 부길드 마스터 세르케이와 함께 제우스 길드의 탑 5에 들어가는 인물. 음흉하고 교활하기 짝이 없다.'

한성이 이런 생각을 하는 순간 핫산은 난감한 표정을 지으며 성채 쪽으로 시선을 돌리며 말했다.

"동쪽 성채를 점령하려 했지만 주력 부대가 아닌 탓에 점령에 곤란한 점이 많이 있습니다. 우리 제우스 길드의 주력 부대는 현재 남쪽의 성채를 점령하고 있는 탓에 이곳 까지 오려면 꽤 시간이 걸릴 겁니다. 다만 적의 구원 부대가 오기 전에 끝내야 하니 혁명단들께서 실력을 보여주시면 감사하겠습니다. 길드 마스터의 결정으로 혁명단과 동맹을

맺기는 했지만 아직 우리 내부에서는 혁명단의 실력을 믿지 못하는 자들이 있습니다. 그들에게 여러분들의 실력을 보여 주십시오. 그럼 저는 이만 부상병들을 돌봐야 하니 물러나겠습니다."

자기들은 발을 빼고 내심 혁명단의 실력을 보겠다는 소리로 들려왔다.

제대로 설명도 하지 않은 채 핫산은 그대로 물러섰고 제우스 길드 역시 완전히 전투에서 빠져 버리고 있었다.

민석이가 불만 섞인 목소리로 중얼거렸다.

"흐음. 우리 보고 대신 싸우라는 건가?"

"이야, 정수 줬다고 생색내네."

혁명단의 숫자는 100명.

성채위의 적군은 적어도 200명은 훌쩍 넘어 보였다.

특히나 언덕 위에 자리 잡고 있는 성채를 공략하기 위해서는 아래쪽에서 위로 올라가야 하는 형국이었는데 당연히 위쪽에서 아래쪽으로 공격하는 자들이 훨씬 더 유리했다.

또한 결정적으로 상대는 성채 뒤에 숨어서 공격을 하고 있었고 아래쪽에서 공격을 하는 자들은 온 몸을 그대로 드러낼 수밖에 없었다.

제우스 길드는 손실을 보기 싫다는 듯이 혁명단쪽으로 전투를 떠넘기고 있었는데 한성은 모르는 척 혁명단들에게 말했다.

"그룹을 세 그룹으로 나눈다. 혼다, 산도발이 지휘를 하고 세 그룹이 각기 다른 방향에서 동시에 성채를 향해 간다! 리더들은 선두로. 그리고 나머지 대원들은 타겟팅 거리 밖에서 대기! 서두르지 않아도 좋다! 수비 위주로 진형을 짜고 스킬의 사용을 최소한으로 한다."

곧이어 기본적인 배치를 끝낸 한성은 리더 급의 사람들을 따로 모았다.

산도발과 혼다 그리고 지수와 민석이 등 상위 실력자들이 모여 있는 가운데 한성이 설명했다.

"정찰조가 돌아오면 성채 공략을 시작한다. 스킬의 쿨타임을 염두에 두도록! 언제든지 제우스 길드가 우리를 공격할 수 있다고 생각하라."

지금 전투는 관리자와의 전투였는데 오히려 한성은 제우스 길드를 의식하고 있었다.

민석이를 비롯한 몇몇 이들은 다소 의아한 표정을 짓고 있었지만 한성의 말이 절대적이라는 사실을 알고 있는 탓에 그 누구도 이의를 제기하는 자는 없었다.

곧바로 한성은 정찰조를 보냈고 정찰을 하고 돌아온 자들이 보고를 했다.

"성채 안에 있는 자들은 대부분 장거리 무기를 사용하고 있습니다. 오토 타겟 스킬을 사용 중인데 상급 인 듯이 타겟팅 되는 거리가 상당합니다. 성채로 다가가는 동안 몸을 숨길 곳이 없으니 접근하기에 상당히 까다로워 보입니다!

또한 접근한다 하더라도 성채의 문이 닫힌 이상 성채를 뛰어넘을 수밖에 없습니다!"

예상대로 적은 장거리 무기로 접근을 막고 있었고 지원군이 올 때 까지 시간을 끌겠다는 의도를 가지고 있었다.

혼다가 성채를 바라보며 말했다.

"꽤 난감하군. 어찌 어찌 접근을 한다 하더라도 성채를 뛰어 넘는 순간 틈이 생긴다. 정문을 열지 않으면 일반 병사들 실력으로는 들어갈 수 없을 것 같군."

혼다의 말이 끝나자 한성이 지시를 내렸다.

"방패병들을 선두로. 마나탄에 오래 버티지 못할지 모르지만 어느 정도 버틸 수는 있을 거다. 내가 적의 시선을 끄는 동안 최대한 빠르게 진격하도록!"

한성의 지시에 거대 방패를 든 자들이 리더들의 앞에 섰다.

방패만 들고 있는 자들이 벽을 만들고 있는 가운데 리더들은 각자의 위치에 섰고 모든 준비가 끝나자 한성이 외쳤다.

"시작이다! 성채를 탈환한다!"

"와! 와!"

병사들의 함성 소리가 울려 퍼지는 가운데 곧바로 한성은 성채를 향해 달려가기 시작했다.

한성이 이끈 혁명단의 정예가 참가하자 조금 전 까지 느슨하게 진행되고 있던 전투의 분위기는 순식간에 바뀌었다.

혁명단들중 한성의 실력을 모르는 자는 없었다.

한성이 선두에 있으니 혁명단의 사기는 높아질 대로 높아진 상황이었고 성채위에서도 준비를 하고 있다는 듯이 마법 계열의 공격이 빛을 내고 있었지만 혁명단의 기세를 꺾기에는 어림도 없었다.

조금 전에 제우스 길드의 공격과는 비교할 수 없을 정도로 강한 기세가 일으켜 지며 성채위로 혁명단들은 달려가기 시작했다.

거친 파도가 일어나는 것 같은 움직임을 인식한 것은 성채위에서 수비를 하고 있는 관리자들 역시 마찬가지였다.

동쪽 성채의 책임자 아이칸.

네팔의 관리자이자 이번 던전에서 동쪽 성채를 수비하고 있는 사령관 이었다.

"적의 기세가 바뀌었다. 강한 적이 오니 준비하도록!"

철컥! 철컥!

양 손에 들고 있는 두 개의 크로스 보우가 장전되는 소리가 울려 퍼지고 곧바로 아이칸의 눈이 빛났다.

먼 곳에 있는 사물을 더 잘 볼 수 있게 해주는 스킬을 사용하자 한성의 모습이 단번에 들어왔다.

'역시 왔구나.'

이미 보고를 통해서 한성이 온다는 사실은 알고 있었다.

아이칸은 한성을 가리키며 외쳤다.

"저놈! 저놈에게 집중해라! 오토 타겟팅!"

오토 타겟이 되는 포인터가 재빠르게 움직이며 한성의 몸을 향하기 시작했다.

'멍청한 놈! 전쟁에서 혼자 잘났다고 날뛰는 놈은 그대로 표적이다!'

한성은 홀로 달려오고 있었는데 당연히 수비명들의 이목이 집중될 수 밖에 없었다.

한성이 사정거리 안으로 들어오는 순간이었다.

아이칸이 궁수들을 향해 외쳤다.

"사격! 벌집을 만들어 버려라!"

마치 수십 개의 레이저 건이 한성의 몸을 관통시키겠다는 듯이 한성의 몸을 향해 붉은 점이 쏟아져 내리는 순간 공격이 쏟아져 오기 시작했다.

촤아아아앗!

섬광과 함께 모든 화력들이 한성을 향해 쏟아져 오기 시작했지만 이건 오히려 한성이 바라는 바였다.

수십 발의 마나탄들이 한성의 몸에 명중되는 순간이었다.

"명중했다!"

휘이이익!

"어엇?"

명중되었다고 의심치 않았던 병사들의 눈이 커졌다.

마나탄들은 그대로 흘러가 버리고 있었고 순식간에 한성의 모습은 사라져 버렸다.

'환영!'

한성을 공격했던 병사들에게는 허무함과 불길함이 동시에 밀려들고 있었다.

자신의 분신으로 적의 공격을 받고 있던 그때.

거대 쉴드에 보호받고 있는 한성은 창으로 성채의 한쪽을 겨누고 있었다.

우우우우웅!

창 끝으로 거대한 마나의 기운이 모이고 있었다.

성채 위에 있던 병사가 다급하게 외쳤다.

"저 쪽입니다! 방패 뒤에 있습니다!"

"쏴라! 쏴라!"

피슝! 피슝! 피슝!

마나탄들이 쏟아져 오는 가운데 한성 앞을 보호하고 있던 거대 쉴드들이 빛을 발산했다.

파앙! 파앙! 파앙!

한성의 앞에서 거대 쉴드를 두 손으로 들고 버티고 있는 병사들은 있는 힘껏 방패를 받치며 버티고 있었다.

콰앙! 콰앙!

"으윽!"

충격과 함께 주변으로 방패의 파편이 튀어 오르고 있었지만 이들에게는 버틸 수 있다는 확신이 있었다.

이들의 머릿속에는 한성이 한 말이 떠올라 오고 있었다.

'이 거리에서는 마법 계열의 공격은 닿지 못한다. 장거리 공격으로 닿을 수 있는 것은 마나탄 밖에 없다. 이 방패라면 10초 정도 버티는 것은 아무 문제도 아니다. 나를 믿어라. 나도 너희를 믿는다.'

자신들을 믿는다는 한성의 말에 고무된 병사들은 이를 악물고 충격을 흡수하고 있었다.

'버틸 수 있다!'

방어용 쉴드 중에서도 가장 뛰어난 방어 쉴드는 마나탄에 명중되고 있었지만 끝내 쉽게 부서지지는 않고 있었다.

당황한 쪽은 공격을 하고 있는 쪽이었다.

"서둘러! 적은 기운을 모으고 있다!"

방패 안에서 몸을 숨긴 채 마나의 기운을 느낀 병사들이 외쳤지만 이미 늦었다.

"지금!"

한성의 말에 방패의 문이 열렸다.

방패병들이 막혀 있던 앞을 여는 순간 한성의 창 끝에 모여 있던 마나의 기운이 분출되었다.

'가랏!'

파앙아아앙!

한성의 창에 모여 있던 마나의 기운은 하나의 거대한 타원을 만들며 날아가기 시작했다.

날아오는 타원형 마나의 기운은 어떤 스킬인지 알기에 충분했다.

"뇌, 뇌전포?"

시전 시간 때문에 실전에서는 거의 사용하지 못하는 스킬 이었는데 놀랍게도 지금 한성은 뇌전포 스킬을 사용하고 있었다.

슈우우우웃!

"피햇!"

외침이 끝나기도 전에 뇌전포의 기운은 성채를 잡아먹듯이 아작 내고 있었다.

콰과과과광!

과거 멕시코 국경지대의 담을 날려 버렸던 뇌전포 스킬이었다.

시전까지 어느 정도의 시간이 필요한 탓에 정면으로 선 채로 사용할 수는 없었지만 적의 시선을 모조리 환영으로 돌린 사이 생겨난 틈과 방패병들의 수비는 충분히 뇌전포를 시전 할 수 있는 시간을 만들어주고 있었다.

처음부터 한성은 환영으로 적의 시선을 돌리게 한 후 성채를 날려 버릴 생각을 가지고 있었다.

'성벽이 아니다! 성채의 입구를 뚫을 수 없다면 새로운 입구를 만들어 버린다!'

그 두꺼운 국경지대의 담벼락도 날려 버린 뇌전포 스킬이었다.

성채의 정문은 마나의 기운을 흡수하는 장치까지 있었지만 외벽은 입구처럼 견고하지 못했다.

마치 태풍에라도 맞은 것처럼 뇌전포에 명중된 성채의 한쪽 부분은 완전히 무너져 버리고 말았다.
　성채의 한쪽 부분이 무너져 버리자 하나의 거대한 출입구가 생겨나 버렸다.
　"저곳이다!"
　혁명단이 들어갈 곳을 열어 준다는 듯이 한성의 공격은 성채에 거대한 입구를 만들어 버렸고 곧바로 한성을 필두로 혁명단들은 언덕을 오르기 시작했다.
　"우와아아아아!"
　방패병들을 선두로 지수의 활이 지원을 했고 민석이의 스킬이 불을 뿜기 시작했다.
　"응사하라! 쏴라! 쏴라!"
　혁명단 전체가 올라오고 있었지만 여전히 아이칸의 공격은 한성에게 집중되어 있었다.
　"저 자를 놓치지 마라! 저 자만 잡으면 성채는 잃어도 된다!"
　윗선에서 내려온 지시 역시 최우선은 한성을 잡는 것에 있었다.
　성채 한쪽 부분이 완전히 무너진 상황이었지만 한성은 혁명단에게 입구를 양보한다는 듯이 다른 막힌 쪽을 향해 달려가고 있었다.
　어느새 한성의 손에는 창 대신 유니크 검이 들려 있었다.
　'확장!'

촤아아아앗!

한성의 유니크 검은 거대하게 확장이 되어 버렸고 검에서 흐르는 마나의 기운은 상대의 마나탄을 끌어당기는 듯이 빨아들이고 있었다.

"계속 쏴라! 어차피 검으로 막는 것에는 한계가 있다! 쏴라!"

아이칸은 한성에게 눈을 떼지 않은 채 공격을 명하고 있었지만 지금 한성이 사용하고 있는 스킬은 상대의 마나탄을 흡수하는 스킬이었다.

확장된 유니크 검은 방패 이상 가는 방어력을 보이며 마나탄들을 막아 내버리며 흡수시키고 있었으니 오히려 검에 머금고 있는 마나의 기운은 더욱더 커지고 있었다.

아이칸이 철저하게 한성에게 시선을 집중시키고 있던 그때였다.

다급한 보고가 쏟아졌다.

"앗! 무너진 성채 쪽으로 혁명단이 들어옵니다!"

"실력이 보통이 아닙니다!"

순식간에 한성은 성채로 다가갔고 한성에게 공격이 집중되는 사이 다른 혁명단들은 손쉽게 성채에 오를 수 있었다.

혁명단이 성채에 들어오고 전투가 시작되고 있었지만 아이칸은 여전히 한성에게 시선을 집중시키고 있었다.

"성채에 들어온 잔챙이들은 버려! 시선을 끌려는 수작이다! 저 놈을 잡아! 성채에 뛰어 오를 때가 기회다!"

한성이 성채 앞으로 가까이 오자 성채 안쪽에서 대기하고 있던 병사들의 시선은 허공으로 향하고 있었다.

"뛰어 오를 때를 노려라!"

더 이상 뇌전포 같은 공격은 없을 것이 분명했으니 한성이 들어오는 방법은 성채를 뛰어 넘는 방법밖에 없었다.

성채 안쪽으로는 창을 든 병사들과 마법 스킬을 준비하며 대기를 하는 병사들이 한성이 뛰어 넘기를 기다리고 있었다.

아이칸의 시선은 성채 바로 뒤에서 몸을 숨긴 채 마나의 기운을 모으고 있는 병사들에게로 향했다.

비록 사정거리가 짧기는 하지만 이 많은 이들이 동시에 공격을 한다면 사도 못지 않은 위력을 발휘할 수 있었다.

'와라! 아무리 뛰어난 자라도 이 거리에서 이 많은 공격을 받는다면 죽지 않을 수 없다!'

스무 명이 넘는 병사들이 일제히 한성이 성채를 뛰어넘기만을 기다리고 있던 그 때였다.

"옵니다! 어엇?"

한성을 지켜보고 있던 병사의 눈이 커졌다.

한성은 성채를 뛰어넘는 것 대신 곧장 정면으로 달려가고 있었다.

성채 안쪽에서 모여지고 있는 마나의 기운들은 이미 한성에게 감지가 된 상황이었다.

막혀 있는 정면으로 달려간 한성은 검을 휘둘렀다.

우우우우웅!

우우우우웅!

주변에 있는 모든 기운을 모아 버린다는 듯이 확장된 유니크 검이 움직일 때 마다 묵직한 공기 가르는 소리가 울려 퍼지며 모여 있던 마나의 기운이 성채를 향해 뻗어가고 있었다.

지금 한성의 검이 노리는 것은 병사가 아니었다.

'정문은 견고하지만 외벽은 아니다!'

한성이 노리는 것은 성채 그 자체였다.

뇌전포 같은 위력적인 스킬을 발산 시킬 수는 없었지만 지금 검에 모여 있던 기운이라면 충분히 틈을 만들 수는 있었다.

성채를 향해 뻗어나간 마나의 기운이 곳곳에 상처를 내는 순간이었다.

"하아아압!"

기합 소리와 함께 한성의 검은 틈 사이로 검을 집어넣었다.

촤아아아앗!

푸우우욱!

"우와아아악!"

검이 박히는 순간 마치 성채가 비명을 지르는 것처럼 대기하고 있던 병사들의 비명이 튀어 나왔다.

지이이이익!

깊게 꽂힌 검은 그대로 성채의 벽을 가르기 시작했고 성채에 바짝 붙어 있던 병사들의 피가 성채 밖으로 튀어 나오고 있었다.

마치 대나무가 갈라지듯이 성채가 갈라지는 것과 동시에 허공을 응시하고 있던 병사들의 몸은 갈기갈기 찢어지고 있었다.

순식간에 10M 는 훌쩍 넘을 정도로 검은 성채를 완전히 베어버리기 시작했다.

"우와아아아!"

얼마나 강한 위력이었는지 성채 위에 있던 병사들이 비명을 내지르며 뛰어 내리기 시작했다.

지진이 일어나는 것처럼 한성의 검이 휩쓸고 가자 또 하나의 성벽은 완전히 무너져 내렸다.

성채가 무너진 이상 거대 방패가 사라진 것이나 다름없었다.

우우우우웅!

장거리 위주의 병사들 바로 앞에 한성이 나타났으니 이들에게는 살 수 있는 기회조차 없었다.

검에서 일어난 마나의 기운은 폭풍을 일으켰고 마치 회오리바람에 실린 듯이 병사들의 몸은 허공으로 날아가 버리고 있었다.

"이, 이게!"

당황한 아이칸이 양 손에 든 크로스 보우로 바쁘게 공격을 가하는 순간이었다.

파앙! 파앙!

샷건을 연상케 하는 강한 마나탄이 불을 뿜고 있었지만 한성은 검으로 튕겨내며 달려오고 있었다.

살기 위한 본능이 작동했다.

파아아아앗!

아이칸의 발끝에서 스킬이 일어나며 마치 순간 이동을 하 듯이 아이칸의 몸은 10M 뒤로 물러서고 있었다.

철컥! 철컥!

장전을 끝낸 크로스 보우가 한성을 향해 불을 뿜으려는 순간이었다.

"이, 이럴 수가!"

어느새 한성의 몸은 자신의 코앞에 까지 다가와 있었다.

분명 자신은 스킬을 사용했지만 어찌된 일인지 한성의 속도는 자신의 이동 속도에 뒤처지지 않고 있었다.

아이칸은 급하게 크로스 보우의 방아쇠를 당겼다.

파앙! 파앙!

크로스 보우의 불꽃은 울려 퍼졌지만 한성이 아닌 하늘로 향하고 있었다.

촤아아아아앗!

한성의 유니크 검은 퍼 올리듯이 아이칸의 몸을 허공으로 날려 버렸고 산산조각 나다 시피하며 아이칸의 몸은 공중에서 터져 버리고 있었다.

하늘에서 터져 버리는 아이칸의 모습에 민석이는 함성을 내질렀다.

"와아아아아!"

제우스 길드도 점령하지 못한 동쪽 성채를 혁명단은 순식간에 점령해 보였고 환호는 울려 퍼지고 있었다.

언덕위에서 함성이 울려 퍼지고 있을 때 멀리 떨어진 곳에서 제우스 길드의 단원들은 상황을 지켜 보고 있었다.

성채 근처에서 잠입했던 병사 중 한명이 핫산에게 보고를 했다.

"상황 종료 된 것 같습니다."

지켜보고 있던 핫산은 낮은 웃음을 흘리고 있었다.

"후후후, 제법 하는군. 인간의 절대자라는 말이 나올 정도. 하지만 우르칸님에게는 아니다."

핫산은 마치 한성의 모든 실력을 파악했다는 듯이 말하고 있었다.

어차피 동쪽 성채는 한성의 실력을 파악하는 용으로 사용하고 내줄 생각이었다.

"그럼 가 보도록 하지."

핫산은 병사들을 이끌며 언덕위로 향하기 시작했다.

폐허가 되어 버린 성채 위에서는 점령을 한 혁명단이

휴식을 취하고 있었다.

한성에게 피해 상황에 대한 보고가 이어졌다.

"가벼운 부상을 입은 자들만 있을 뿐 사망한 사람은 한 명도 없습니다."

"적군 중에 살아남은 자들은 모조리 항복했습니다."

"좋다! 일단 휴식을 취하도록!"

병사들이 잠시 휴식을 취하고 있는 가운데 한성은 산도발을 바라보았다.

산도발은 생전 처음 보는 무기를 꺼내 보이고 있었는데 한 손에 들 수 있는 소형 철퇴였다.

한성의 시선이 소형 철퇴로 향했다.

산도발 정도 되는 사내가 쓰기에는 초라해 보이는 철퇴였다.

한성이 물었다.

"못 보던 무기이군."

산도발이 쓸쓸이 미소 지으며 말했다.

"오래 전 동생이 쓰던 무기다. 귀속조차 할 필요 없을 정도로 하급이지."

한성이 말했다.

"하급이라 하더라도 맞으면 죽는 건 같다."

"……."

침묵하고 있는 산도발에게 한성은 물었다.

"동생은?"

어느 정도 예상했던 대답이 들려왔다.

"죽었다."

산도발이 쓸쓸히 웃으며 말했다.

"주제 파악 하지 못하고 제우스 길드에 들어가겠다고 까불다 하층 던전에서 죽었다. 그때 던전을 이끌던 자가 핫산이다."

자세한 내막을 알지는 못했지만 산도발의 분위기로 미루어 보아 무언가 억울한 면이 있었던 것이 분명했다.

한성이 바라보자 산도발이 웃으며 말했다.

"하하! 걱정하지 말도록. 공과 사를 구분 못할 정도는 아니니까."

산도발의 말에 한성은 미소 지으며 말했다.

"아니. 제우스 길드에 증오가 있어서 오히려 반갑군."

"제우스 길드에 원한이 있는가?"

뜻 모를 말에 한성을 바라보며 산도발이 묻는 순간이었다.

한쪽에서 제우스 길드 단원들이 올라오고 있었.

주위를 두리번거리며 핫산이 말했다.

"아이고! 대단들 하십니다. 역시 인간의 절대자라는 말이 헛소문이 아니군요."

핫산은 속마음을 속인 채 말을 이었다.

"그런데 어쩌죠? 곧바로 북쪽의 성채로 가야 할 것 같습니다. 북쪽에서는 저희의 실력을 보여 드리지요."

"가지."

한성은 짧게 답했고 곧바로 제우스 길드와 혁명단은 북쪽의 성채를 향해 길을 떠나기 시작했다.

❖

혁명단과 제우스 길드는 나란히 북쪽을 향해 행군을 하고 있었다.

던전 39층이 개방된 지는 얼마 되지 않았던 탓에 아직 지도라고는 없었다.

처음 시작 포인트에서 보여 준 것은 동서남북 네 곳에 성채가 있다는 사실 뿐이었다.

어떤 몬스터가 나오는지 어떤 길로 가야 하는 지 이제 갓 들어온 혁명단이 알리는 없었다.

그 탓에 혁명단은 제우스 길드가 이끄는 방향으로 따라가고 있었는데 앞쪽에서 마법진이 발동되는 소리가 들려왔다.

"마법진?"

"아니야. 디텍터에 감지되지 않았다."

지금 마법진은 인간들이 설치해 놓은 마법진이 아니라 원래 던전 39층 스스로 만들어 낸 마법진 이었다.

대지가 흔들리기 시작했다.

"지진?"

"아니다! 앞쪽을 봐!"

놀랍게도 눈앞에 있던 나무들은 움직이는 생명체처럼 자리를 이동하고 있었다.

"어엇!"

"움, 움직인다!"

헌터들이 경계 태세를 하는 순간이었다.

한성의 시선이 슬쩍 핫산으로 향하고 있었다.

모두들 방패를 들어 올리고 수비 자세를 갖추고 있었지만 핫산만큼은 조금의 당황함도 없었다.

핫산 뿐만 아니라 제우스 길드의 병사들 역시 크게 놀란 기색이 없었고 놀라고 있는 자들은 혁명단 단원 뿐이었다.

'이미 경험해 보았군.'

한성이야 회귀전 이런 스킬이 있다는 사실을 경험해 보았으니 놀라지 않을 수 있었지만 제우스 길드 단원들이 놀라지 않고 있다는 사실은 이들이 이미 경험해 보았다는 것을 의미했다.

나무 들은 인간들처럼 움직이기 시작했고 바위들 역시 지형이 바뀌고 있었다.

"이, 이건?"

공격을 하는 몬스터도 아니었지만 처음 보는 광경에 헌터들은 놀란 표정을 감추지 못하고 있었다.

나무와 바위들은 단순히 자리를 바꾸는 용도라는 듯이 새로운 위치에 자리를 잡은 후로는 더 이상 움직이지 않고 있었다.

"길이 바뀌었다."

"지형 변화 스킬인가?"

"아니, 환영이 아니다!"

마법 스킬 중에 지형을 바꾸는 스킬이 있기는 했다.

다만 어디까지나 환영일 뿐 지금처럼 실제 길이 바뀌는 마법은 없었다.

조금 전 까지 하나 밖에 없었던 길은 헌터들의 눈앞에서 두 갈래로 나눠지고 있었다.

선두에서 병사들을 이끌고 있던 핫산이 입을 열었다.

"정지."

병사들이 정지를 한 가운데 핫산이 난감한 표정을 지으며 말했다

"이거 참 곤란하군요. 지형이 바뀌어 버렸으니 어느 쪽이 북쪽 성채와 연결이 되는 지 알 수 없군요. 하지만 두 길 모두 다 북쪽으로 연결이 되어 있으니 분명 가다보면 나올 겁니다. 또한 신호탄으로 신호를 보낼 수도 있으니 위치는 알 수 있습니다. 여기에서 갈라집시다. 정찰조를 보내기에는 시간이 없어요."

핫산은 곤란하다는 듯이 말하고 있었지만 실제 제우스 길드 쪽에서는 이미 알고 있는 사실이었다.

자신들이야 이미 경험을 해 보았으니 지형이 바뀐다 하더라도 큰 문제가 될 것이 없었으나 혁명단은 자신들이

처음 경험을 했던 때처럼 당황해 할 거라는 확신이 있었다.

다만 한성은 이미 39층 지도 전체를 머릿속에 넣고 있는 상황이었다.

'이 자의 말 대로 어느 쪽으로 가던지 북쪽 성채로 연결은 된다. 다만…….'

오른쪽 길로 갈 경우 상당히 까다로운 몬스터들을 만나면서 가야했고 스킬들을 낭비하지 않으려야 않을 수 없었다. 반면 왼쪽 길은 비교적 상대하기 쉬운 몬스터들이 있는 길로 북쪽 성채까지 큰 위험 없이 갈 수 있는 길 이었다.

한성이 아무것도 모르는 척 하고 있던 그 때였다.

핫산이 눈빛을 빛내며 말했다.

"저희는 왼쪽으로 가겠습니다. 혁명단 분들은 오른쪽으로 가 주시기 바랍니다. 먼저 성채에 도착하는 쪽이 신호탄으로 위치를 알리지요."

한성은 생각했다.

'알고 하는지 모르고 하는 말인지 몰라도 일단 우리 쪽을 위험한 쪽으로 몰아넣었다.'

오른쪽 길이 상당히 험난하다는 사실을 알고 있었지만 한성은 담담하게 말했다.

"알았다. 북쪽 성채에서 만나기로 하지."

곧바로 핫산이 이끄는 제우스 길드는 왼쪽으로 향했고 혁명단은 오른쪽으로 향하기 시작했다.

혁명단이 오른쪽으로 향한 것을 확인한 핫산은 서둘러 속도를 높이기 시작했다.

사실 한성이 생각하고 있는 것처럼 제우스 길드는 이미 어느 정도 지형을 파악한 상황이었다.

핫산은 속으로 미소를 머금었다.

"흐흐흐. 오른쪽에는 괴물급 몬스터들이 우글거린다. 아무리 실력자라 하더라도 쉽게 벗어날 수 없다. 몬스터에게 죽으면 좋고 죽지 않는다 하더라도 스킬을 낭비 시킨다면 그걸로 충분하다. 역시 사람은 머리를 써야지."

회심의 미소를 머금으며 핫산은 서둘러 왼쪽 길로 이동하기 시작했다.

얼마 가지도 않아 병사들의 외침이 울려 퍼졌다.

"늑대인간! 상급 지옥견 출현! 백여 마리로 보입니다!"

몬스터들이 출현했지만 핫산은 신이 났다는 듯이 독촉하기 시작했다.

"늑대인간 따위는 아무 문제 아니다! 자 서둘러라! 북쪽 성채는 바로 앞이다!"

이미 출현하고 있는 몬스터들의 정체와 공격 패턴들을 알고 있었으니 이들에게 두려울 것이라고는 없었다.

곧바로 늑대인간과 제우스 길드의 난투가 시작되었다.

아무리 백 마리 넘는 몬스터들이 나타났지만 늑대인간과 상급 지옥견은 39층에 출현하는 몬스터 중 가장 하급이었다.

몇몇 병사들이 부상을 당했지만 핫산과 제우스 길드의 실력에 어느새 눈 앞에 있던 몬스터들은 녹아내리고 있었다.

스킬의 낭비가 생겨나고 있었지만 핫산은 여전히 이득을 보고 있다고 생각하고 있었다.

'이 정도 몬스터들은 오른쪽 길에 비한다면 몬스터라고 할 수 조차 없을 정도로 약한 몬스터다. 흐흐흐.'

순식간에 몬스터들은 제거되어 버렸고 어느새 이들의 눈 앞에는 북쪽 성채가 보이고 있었다.

성채에 도착한 핫산은 여유 있는 자세를 취하며 중얼거렸다.

"자아, 그럼 슬슬 위치를 알려주는 신호탄을 쏘아 줄까나? 이미 죽었다면 의미가 없지만 말이야."

어디까지나 핫산의 임무는 북쪽 성채에 들어올 때 까지 혁명단의 스킬을 낭비 시키는 데에 있었다.

지금 쯤 한성 일행은 상당히 고전을 할 거라 생각하던 핫산은 자신의 역할을 해 냈다는 생각에 뿌듯해 하고 있었다.

병사들이 신호탄을 쏘아 올릴 준비를 하고 있던 그때였다.

"쏠 필요 없다."

뒤쪽에서 한성의 목소리가 들려왔다.

"우아아앗!"

깜짝 놀란 핫산은 뒤를 돌아보았다.

어느새 한성이 뒤쪽에서 자신을 바라보며 미소 짓고 있었다.

몬스터를 본 것 이상으로 핫산은 크게 놀랐다.

"어, 어떻게 이곳에?"

분명 오른쪽 길로 갔다면 지금쯤 몬스터와의 결전을 벌이고 있어야 했는데 어쩐 일인지 한성은 자신의 뒤에 나타나 있었다.

곧바로 핫산의 입에서 또 한 번 놀란 비명이 튀어 나왔다.

"어엇?"

한성의 뒤쪽으로 혁명단이 줄 지어 오고 있는 모습이 보였다.

놀랍게도 혁명단은 전혀 피해를 입지 않은 상황이었다.

전투를 한 흔적도 보이지 않았고 가벼운 부상을 입은 자들도 보이지 않았다.

마치 산책을 하고 온 것처럼 평온한 표정이었는데 그도 그럴 것이 이들이 오고 있는 방향은 조금 전 자신이 왔던 방향이었다.

한성의 목소리가 들려왔다.

"아, 오른쪽 길로 가다 보니 너무 무시무시한 몬스터들이 나오더군. 그래서 재빨리 뒤로 물러서 자네들의 뒤를 따라왔다네. 같이 협력했으면 더 좋을 것 같은데 자네들이 너무 빠르게 이동해 버리는 바람에 연락을 취할 새도 없었네.

다행이 이쪽 길을 통해 성채에 도착했으니 이거 참 운이 좋군."

핫산의 얼굴이 구겨졌다.

"이, 이이익!"

결과적으로 핫산은 한성 일행이 편하게 이동할 수 있게 앞에서 길을 열어준 셈이 되어 버렸다.

한성은 어깨를 들썩이며 말했다.

"뭐, 아무 문제없이 왔으니 좋은 게 좋은 것 아니겠는가?"

핫산의 구겨진 얼굴을 보며 한성은 모르는 척 말을 이었다.

"헌데 자네 표정이 밝지 않군. 설마 우리가 피해를 보지 않고 편하게 와서 기분이 나쁜 것은 아니겠지?"

한성의 말에 핫산은 서둘러 환하게 웃었다.

"설, 설마요. 아주 잘 되었습니다."

겉으로는 웃고 있었지만 핫산은 마음속으로 이를 갈고 있었다.

'두고 보자. 북쪽 성채에 들어가는 순간 네 놈은 죽은 목숨이다.'

북쪽 성채.

댕! 댕! 댕! 댕!

허공으로는 스텔스 스킬을 감지 할 수 있는 종소리가 쉴 새 없이 울려 퍼지고 있었다.

동쪽의 허름한 성채와는 다르게 북쪽 성채는 하나의 두꺼운 성을 연상케 하고 있었다.

던전 39층에서 가장 큰 성채인 북쪽 성채는 남쪽과 북쪽에 커다란 성문을 하나씩 가지고 있었는데 남쪽 성채 주변으로는 피뢰침처럼 보이는 방어 타워들이 전기를 머금으며 대기를 하고 있었다.

현재 북쪽 성채를 점령하고 있는 자는 앤드류 라는 자로 호주의 관리자였다.

20M 높이는 될 듯 한 성벽의 꼭대기에서 두꺼운 스케일 갑옷을 착용하고 있는 앤드류의 손에는 거대한 창이 들려 있었다.

치열한 전투가 눈앞에서 벌어지고 있었지만 앤드류는 담담한 표정을 짓고 있었다.

'어차피 병사들은 소모품. 반드시 제거해야 할 상대는 인간의 절대자.'

처음부터 제우스 길드와는 말을 맞추어 둔 상황이었지만 병사들은 그 사실을 알지 못하고 있었다.

"인간의 절대자가 왔다고 합니다. 준비하시죠."

앤드류는 뒤를 돌아보았다.

세르게이.

핫산과 함께 제우스 길드의 부 길드마스터인 세르게이가 자신을 바라보고 있었다.

거대 채찍을 사용하는 핫산이 앞에 나서서 싸우는 딜러라면 세르게이는 전형적인 암살자의 모습이었다.

'침묵의 암살자.'

세르게이의 별명이었다.

스텔스 스킬 중에 가장 상급의 스텔스 스킬을 사용하는 자였는데 은신을 감지할 수 있는 〈새벽의 종소리〉 스킬역시 그가 가지고 있는 상급 스텔스 스킬을 감지해 낼 수는 없었다.

앤드류가 물었다.

"우르칸님은?"

"서쪽 성채에서 사도 코이바시님과 함께 계십니다."

앤드류가 낮은 웃음을 흘리며 중얼거렸다.

"후후. 우르칸님 뿐만 아니라 코이바시님까지 직접 오셨군. 그 만큼 그 사내가 대단하다는 건가?"

"실력을 직접 보지 못한 탓에 말할 수 없지만 에솔릿을 잡았다는 말까지 있는 것으로 보아 실력자임에는 분명하겠지요."

"아무리 실력자라 하더라도 같은 편 인줄 알았던 제우스 길드가 칼을 내밀면 피할 수는 없을 것 이다."

곧바로 앤드류와 세르게이는 어디론가 사라지기 시작했다.

혁명단과 핫산의 병사들이 도착하자 전투는 잠시 소강상태로 머물렀다.

핫산이 말했다.

"곧 전투를 시작합니다. 북쪽 성채는 견고합니다. 이미 주변의 덫은 제거했습니다만 성 안쪽에 덫은 어떤 종류가 있는지 알지 못합니다."

한성의 눈치를 보며 핫산은 말을 이었다.

"성문은 북쪽과 남쪽에 각각 하나씩 있습니다. 적의 병력은 북쪽에 더 많으니 우리가 북쪽을 맡겠습니다. 남쪽 성문을 열어 주십시오."

핫산의 말을 듣는 순간 한성은 제우스 길드가 적임을 확신했다.

북쪽에 더 많은 병사들이 집중되어 있는 것은 사실이었지만 남쪽 성문에는 방어 타워가 작동되고 있었다.

강한 전류의 기운을 뿜어내는 방어 타워는 일반 병사를 상대하는 것 보다 더 까다로웠다.

방어타워가 설치되었다는 것을 알지 못한다면 성문을 여는 순간 하늘에서 쏟아져 오는 번개에 불덩이가 될 것이 분명했다.

이것 역시 우연이라 할 수 있을지 몰라도 한성은 생각했다.

'우연이 여러 번 겹치면 우연이 아니다.'

어느 정도 제우스 길드의 본심을 읽은 한성이 물었다.

"세르게이는 어디에 있는가?"

사실 제우스 길드에서 가장 위협적인 인물이 세르게이였다.

정면으로 싸운다면 제우스 길드의 길드 마스터인 우르칸 정도의 수준은 아니었지만 세르게이에게는 상급 스텔스 스킬이 있었다.

'이들이 기습을 한다면 분명 스텔스 스킬이다.'

만일 상대가 함정을 파놓고 기다린다면 그 한방을 날릴 상대는 바로 상급 스텔스 스킬을 가지고 있는 세르게이가 분명했다.

한성이 세르게이에 신경을 쓰는 것에 핫산은 다소 놀란 듯이 말했다.

"아! 세르게이님은 서쪽 성채에 있습니다."

핫산은 급하게 거짓말을 했지만 그의 굴러가는 눈동자에서 이미 한성은 그가 거짓말을 하고 있다는 것을 알 수 있었다.

'이곳에 있구나!'

한성은 모르는 척했고 곧바로 혁명단은 남쪽으로 움직였고 제우스 길드는 북쪽으로 이동했다.

❖

 혁명단이 모두 다 남쪽으로 향한 가운데 한성 만큼은 아직 북쪽에서 모습을 감춘 채 핫산을 지켜보고 있었다.

 혁명단의 실력에 자극을 받았는지 아니면 한성이 지켜보고 있는 것을 의식해서인지 북쪽 성채의 공략에서는 제우스 길드가 실력을 보여주고 있었다.

 다른 전투는 볼 필요도 없다는 듯이 한성은 핫산에게만 시선을 집중시키고 있었다.

 선두에선 핫산은 한성이 자신을 바라보고 있는 것을 느끼고 있었다.

 '자식이. 깐깐하게 감시하네.'

 원래대로라면 싸우는 척 하고 자신은 결정적인 순간에 세르게이와 함께 한성을 공격하는 것이 계획이었는데 지금 한성의 눈초리를 피하기 위해 핫산은 선두에 나서서 채찍을 휘두르고 있었다.

 "흐음. 연기는 잘해야 하니까"

 혁명단의 제니퍼가 사용하는 채찍과 비슷한 종류의 채찍을 사용하고 있었는데 더 두꺼웠고 무엇보다 화염의 기운이 흐르고 있었다.

 화르르릇! 화르르르릇!

 더 두껍고 길게 늘어난 채찍은 상당히 무거워 보였지만 핫산은 자유자재로 채찍을 늘이며 관리자들의 공격을 날려 버리고 있었다.

치열하게 싸우는 모습을 지켜보았지만 한성은 확신했다.

'역시. 저 정도 실력자가 나왔음에도 불구하고 관리자 쪽에서는 의미 없는 공격만 하고 있다.'

북쪽의 수비 역시 견고한 것처럼 보였지만 실력 없는 병사들의 숫자만 가득했을 뿐 방어 타워가 없는 이상 남쪽의 수비만큼 까다롭게 보이지 않고 있었다.

더 이상 볼 것이 없다는 듯이 한성은 몸을 돌렸다.

한성은 핫산이 자신이 살펴보고 있다는 것을 의도적으로 알게 해 준 거였고 핫산의 공격을 통해서 이들이 관리자들과 내통하고 있다는 확신을 했다.

이제 남은 일은 이들이 만들어 놓은 함정을 역으로 이용한 후 북쪽 성채를 점령하는 일이었다.

제우스 길드가 북쪽 성문을 공략하고 있던 그 시각.

남쪽 성문에서 혁명단의 움직임이 시작되었다.

제우스 길드의 말처럼 북쪽과는 다르게 남쪽의 경계는 허술했다.

자유자재로 사방에서 공격을 했던 제우스 길드와는 다르게 혁명단은 하나의 거대 진형을 만들며 천천히 앞으로 진격하고 있었다.

거의 모든 혁명단들이 거대 방패를 들고 수비 대형을 갖추고 있었는데 이 모습을 지켜보고 있던 앤드류와 세르게이는 미소를 머금었다.

"방패는 훌륭한 방어도구지만 막을 수 없는 게 있지."

성문 안쪽에 감추어져 있는 방어 타워들을 바라보며 앤드류는 회심의 미소를 머금으며 중얼거렸다.

'후후, 들어오는 순간 꼬치구이가 되겠군.'

방어 타워에서 흐르는 전류는 일반 방패로는 결코 막을 수 없는 공격이었다.

지금 남쪽 성문 안에는 십여 개의 방어 타워가 전류를 머금으며 분출할 준비를 하고 있었는데 성문이 열리는 순간 쏟아지는 전류가 쏟아져 올 것은 분명했다.

물리 공격이나 마나탄 같은 공격은 방패로 막는 것이 가능했다. 특히나 지금 혁명단이 사용하고 있는 상급의 거대 방패는 어중간한 공격은 모두 다 막아낼 수 있었지만 예외가 있었다.

그 예외가 바로 지금 방어 타워의 전류였다.

전류 만큼은 방패에 흘러들어 플레이어들을 감전 시킬 수 있었는데 이 부분이 방어 타워의 가장 큰 장점 이었다.

형식적으로 보이는 공격만이 몇 차례 있었을 뿐 별 다른 위협적이지 않은 공격 탓에 혁명단은 쉽게 성문 앞에 도달할 수 있었다.

성벽 위를 향해 엄호를 하는 가운데 굳게 닫혀 있던 방패 진형이 일부 열렸다.

"가랏!"

가장 빠른 속공을 가지고 있는 혁명단들이 빠르게 성문 앞으로 파고들었다.

성문 앞에 도착한 혁명단들은 미리 준비해 놓았던 스킬들을 설치하기 시작했고 곧바로 외침 소리가 울려 퍼졌다.

"설치 끝났습니다!"

"발파!"

쾅! 쾅! 쾅!

성문을 향해 〈성문 파괴〉 스킬들이 연이어 폭발음을 내며 터지기 시작했다.

연기가 걷히고 파괴된 성문 안쪽으로 병사들이 달아나고 있는 모습이 보이고 있었다.

"열렸다!"

"돌격!"

남쪽의 문이 열리는 순간 혁명단들은 성안으로 뛰어 들어가는 순간이었다.

성 안은 텅 비어 있었고 생전 처음 보는 피뢰침들이 곳곳에서 전류를 발산하고 있었다.

혁명단이 안으로 들어오는 순간이었다.

"걸렸다!"

곧바로 기다렸다는 듯이 방어 타워가 작동하기 시작했다.

지이이이이잉!

지이이이이잉!

미리 대기하고 있던 전류의 기운은 사정없이 혁명단을 향해 쏟아져 오는 순간이었다.

"으음?"

앤드류의 눈이 커졌다.

단번에 전류에 감전되어 쓰러질 줄 알았는데 놀랍게도 전류는 흡수되고 있었다.

"이, 이럴 수가!"

일반적으로 방패를 앞세우고 달려가는 것이 상식이었지만 가장 선두에 들어간 혁명단들의 손에는 거대한 막대기가 들려 있었는데 놀랍게도 타워에서 뿜어져 나오는 전류를 흡수하고 있었다.

방패는 전류를 막아낼 수 없었지만 지금 이들이 사용하고 있는 막대기는 철저하게 전류를 흡수할 수 있는 아이템이었다.

지켜보고 있던 앤드류의 눈이 커졌다.

"이, 이런 일이?"

곧바로 앤드류의 머릿속에 드는 생각이 있었다.

'배신?'

상식적으로 전류를 흡수할 수 있는 아이템을 들고 들어왔다는 사실은 성채안에 방어 타워가 있다는 사실을 알지 못한다면 결코 있을 수 없는 일이었다.

당연히 혁명단에서 방어 타워가 있다는 사실을 알고 있을 사람은 없었다.

'우리 쪽이 제우스 길드를 이용한 것처럼 저쪽도 이쪽에 스파이를 심어 놓은 건가?'

앤드류가 의심을 품고 있던 그때였다.

한성이 외쳤다.

"방출!"

촤아아아앗!

촤아아아앗!

막대기에 모여 있던 전류는 오히려 타워를 향해 분출되기 시작했고 타워의 모여 있던 전류의기운은 감당할 수 없을 정도로 커졌다.

콰과과광!

콰과광! 콰과광!

전류의 크기를 감당하지 못한 타워들은 연이어 폭발하며 터지기 시작했다.

비장의 무기로 감추어 두었던 타워들이 순식간에 폭발하며 사라져 버리자 앤드류는 벌컥 화를 내며 말했다.

"무언가 잘못 되었다! 이건 내부의 고발자가 없다면 알 수 없는 일이다!"

의심의 눈초리를 보내는 가운데 세르게이가 말했다.

"흥. 상관없습니다. 어차피 저들이 죽는 것에는 변함없으니까요. 저기 핫산이 옵니다. 시작하죠."

앤드류와는 다르게 세르게이는 침착함을 잃지 않고 있었다.

하지만 이런 세르게이의 태도는 오히려 앤드류의 화를 돋우는 결과를 낳았다.

"이, 이익!"

아직도 분이 풀리지 않았다는 듯이 이를 악물고 있는 앤드류를 향해 세르게이가 말했다.

"명심하십시오. 이번 임무의 목표는 인간의 절대자를 잡는 일. 다른 것은 다 실패해도 그것만큼은 실패하면 안 됩니다."

다소 경고하는 듯이 말하는 세르게이의 모습에 앤드류는 눈을 치켜떴다.

'자식이?'

앤드류는 내심 자신이 사도의 자리에 오를 욕심을 가지고 있었다.

이번 임무에 자신이 선출 되었다는 것은 분명 사도의 빈 자리를 채우는 자의 시험대라고 생각하고 있었는데 겨우 길드의 부 길드마스터 주제에 자신에게 명령하듯이 말하는 모습은 상당히 거북하게 느껴졌다.

세르게이는 신경조차 쓰지 않는 다는 듯이 그의 모습이 희미하게 사라져 가고 있었다.

⟨상급 스텔스 스킬⟩

설명: 일반 스텔스 스킬 보다 20분 더 은신 스킬이 지속됩니다. 지정한 동료들에게는 모습을 보여 줄 수 있습니다. 쿨 타임 12시간.

특징: 은신을 감지할 수 있는 ⟨새벽의 종소리⟩ 스킬에 감지되지 않습니다.

곧바로 세르게이는 희미하게 모습을 보여주며 지정된 자리로 움직이기 시작했는데 오히려 앤드류는 의혹이 더 짙어지고 있었다.

'설마? 이놈이?'

만일 이 자가 혁명단과 내통을 한 거라면 큰 일이 아닐 수 없었다.

자신의 눈에는 은신 스킬을 사용하고 있는 그의 모습이 보이고 있었지만 이것 역시 자신을 안심시키기 위한 술수일지도 몰랐다.

'은신을 사용하던 사용하지 않던 기습을 당하면 죽는 것은 같다. 이익!'

앤드류가 의심 섞인 시선을 보내고 있을 때 핫산의 목소리가 울려 퍼졌다.

"서둘러라!"

북쪽 성문에서 곧바로 병사들을 이끌고 온 핫산은 서두르고 있었다.

번개 타워에 상당수가 죽었을 거라는 확신이 있었지만 한성 만큼은 자신의 손으로 잡고 싶은 생각이 가득했다.

지금 쯤 불타 죽은 혁명단 시체 위로 부상당한 몇몇 이들만이 남아 있을 것이 분명했으니 지금이 공을 세울 절호의 기회였다.

선두에서 달려가고 있던 핫산의 눈에 혁명단의 모습이 보이는 순간이었다.

"어엇?"

돌진해 가고 있던 핫산의 걸음이 멈추어졌다.

단 한명의 피해도 없이 혁명단은 자신을 기다린다는 듯이 크로스 보우를 겨누고 있었다.

한성이 외쳤다.

"지금부터 제우스 길드를 소탕한다!"

이미 들어오기 전부터 혁명단들은 한성의 설명을 들어 모든 것을 알고 있었던 상황이었다.

한성의 외침이 울려 퍼지는 순간이었다.

타앙! 타앙! 타앙!

피슝! 피슝! 피슝!

크로스 보우의 마나탄과 각종 마나의 스킬들이 달려오고 있던 제우스 길드를 향해 공격이 쏟아져 왔다.

급하게 마나 쉴드를 시전 시키며 핫산이 뒤로 물러서는 순간이었다.

혼다가 외쳤다.

"돌격!"

마나 쉴드와 거대 방패들이 화려하게 움직이며 전투가 시작되었다.

혁명단의 공격이 불을 뿜었고 제우스 길드와 미리 대기하고 있던 관리자들의 공격이 곧바로 돌아오고 있었다.

치열한 난투전이 벌어지고 있는 가운데 한성의 시선은 한 곳에 멈추어 있었다.

자신을 도발하겠다는 듯이 거대 슬레이어를 들고 나타난 앤드류의 모습이 보였다.

'탱커!'

탱커를 상대한 다는 것은 꽤 시간이 걸린다는 것을 의미했다.

앤드류에게 시선을 놓지 않고 있었지만 한성은 어딘가에서 세르게이가 상급 은신을 사용하고 있다는 것을 알고 있었다.

분명 이 자가 자신을 상대하는 동안 세르게이가 결정적인 한방을 날리는 것이 적의 계획으로 판단되었다.

〈새벽의 종소리〉 스킬이 통하지 않는 상황에서 미세한 움직임만으로 파악해야 했는데 지금처럼 난투전이 벌어지고 있는 상황에서는 불가능한 일 이었다.

앤드류는 슬레이어를 한성에게 겨누며 외쳤다.

"인간의 절대자! 내가 그 목을 가져가겠다!"

계획대로라면 자신은 한성의 시선을 끄는 역할이었고 한

성의 곁으로 슬금슬금 다가가고 있는 세르게이가 보이고 있었다.

엄포를 놓고 있었지만 한성은 눈썹하나 까닥하지 않고 있었다.

곧바로 앤드류가 돌진해 오는 순간이었다.

의외로 한성은 정면으로 싸울 생각이 없다는 듯이 뒤로 물러서고 있었다.

앤드류가 속공을 높이며 달려오는 그때였다.

한성은 허공을 향해 외쳤다.

"지금이다! 세르게이! 공격해!"

"어엇?"

한성의 외침은 그 어떤 스킬보다도 강하게 앤드류에게 들려오고 있었다.

마치 같은 편처럼 외치는 한성의 외침에 앤드류의 머릿속에는 온갖 생각이 스쳐 지나가고 있었다.

'설마? 이놈이? 배신?'

세르게이가 이곳에 있다는 사실과 방어 타워가 있다는 사실을 꿰뚫고 온 한성의 실력은 순간적으로 앤드류의 의심을 증폭시켰다.

본능적으로 앤드류가 방어 자세를 취하며 세르게이가 있는 쪽으로 시선을 향하는 순간이었다.

이미 혁명단들은 모두 다 앤드류에게 시선을 집중하고 있었다.

지수, 혼다, 그리고 민석이의 모든 스킬들이 세르게이의 시선이 향한 쪽으로 쏟아져 오기 시작했다.

파아아앗!

쾅! 쾅! 쾅!

아무것도 보이지 않고 있었지만 세르게이가 있는 곳이라 추측된 곳으로 세 명의 실력자들이 공격을 쏟아내자 아무리 세르게이라 하더라도 버티어 낼 수는 없었다.

"크으으윽!"

부상을 입는 순간 곧바로 세르게이의 입에서 비명이 새어 나오는 순간 몸은 드러나 버렸다.

세르게이의 모습이 보이는 순간 기다렸다는 듯이 한성의 몸이 움직였다.

"오오옷!"

스텔스가 무너진 이상 더 이상 세르게이에게 희망은 없었다.

촤아아아아앗!

한성의 확장된 검에 불길이 치솟기 시작했다.

불기둥처럼 변해 버린 한성의 검은 퍼 올리는 것처럼 세르게이의 몸을 허공으로 날려 버리고 있었다.

〈6권에서 계속〉